BERN~~~

Né à Montréal, Bernard Assiniwi (1935-2000) appartient à la nation amérindienne des Cris. Comédien, romancier, conteur et historien, il est l'auteur d'une vingtaine d'ouvrages sur l'histoire et la vie des Amérindiens du Canada. Il a notamment publié, chez Leméac, *Contes adultes des territoires algonkins* (en collaboration avec Isabelle Myre), *Histoire des Indiens du Haut et du Bas Canada* et *La saga des Béothuks*, pour lequel il a recu le prix France-Québec.

LE BRAS COUPÉ

En 1873, dans un village du nord de la Gatineau, six Blancs en état d'ébriété s'en prennent à un Amérindien et lui tranchent la main droite d'un malencontreux coup de hache. Humilié dans sa race, blessé dans sa dignité, cet Algonquin se cache en forêt pour guérir son bras coupé. Il n'a qu'une chose en tête, lui que le sort frappe si cruellement depuis la mort de sa femme, la belle Ikwe : se venger de ces fanatiques racistes et imbéciles qui ont changé tragiquement sa destinée en abusant de leur pouvoir de colonisateurs.

LE BRAS COUPÉ

Recettes typiques des Indiens, Leméac, 1972
Survie en forêt, Leméac, 1972
À l'indienne, Leméac, 1972
Histoire des Indiens du Haut et du Bas-Canada, 3 vol., Leméac, 1973
Lexique des noms indiens en Amérique, vol. 1: *Les noms géographiques*,
    Leméac, 1973
Lexique des noms indiens en Amérique, vol. 2: *Les personnages histo-
    riques*, Leméac, 1973
Lexique des noms indiens du Canada, les noms géographiques,
    Leméac, 1995
Recettes indiennes et *Survie en forêt*, Leméac, 1977
Faites votre vin vous-mêmes, Leméac, 1979; Bibliothèque québécoise,
    1994
Contes adultes des territoires algonkins, en collaboration avec Isabelle
    Myre, Leméac, 1985
De De Gaulle au Lac Meech, 1967-1987, collectif, Guérin Littérature,
    1987
La médecine des Indiens d'Amérique, Guérin Littérature, 1988
Langue française, la parole identitaire, collectif, Université Paul-
    Valéry/ Queen's University, Montpellier/Kingston, 1994

Jeunesse

Les Iroquois, Leméac, 1973
Makwa, le petit Algonquin, Leméac, 1973
Chasseurs de bisons, Leméac, 1978
Les Montagnais et les Naskapi, Leméac, 1979
Les Cris des marais, Leméac, 1979
Le guerrier aux pieds agiles, Leméac, 1979
Sculpteurs de totems, Leméac, 1979

Théâtre

Il n'y a plus d'Indiens, Leméac, 1983

Romans

Le Bras coupé, Leméac, 1976
L'Odawa Pontiac, XYZ, 1993

Nouvelle

Visa le Blanc, tua le Noir, collectif, Vent d'Ouest, 1996

BERNARD ASSINIWI

Le Bras coupé

BIBLIOTHÈQUE QUÉBÉCOISE

BQ BIBLIOTHÈQUE QUÉBÉCOISE est une société d'édition administrée conjointement par les Éditions Hurtubise inc. et Leméac Éditeur. BQ reconnaît l'aide financière du gouvernement du Canada par l'entremise du Fonds du livre du Canada pour ses activités d'édition et remercie le Conseil des Arts du Canada, la Société de développement des entreprises culturelles du Québec (SODEC) et le Programme de crédit d'impôt pour l'édition de livres du Québec (Gestion SODEC) du soutien accordé à son programme de publication.

Conception graphique : Gianni Caccia.
Typographie et montage : Yolande Martel

Données de catalogage avant publication de Bibliothèque et Archives nationales du Québec et Bibliothèque et Archives Canada

Assiniwi, Bernard, 1935-2000
Le Bras coupé
Éd. originale : [Montréal] : Leméac, [© 1976].
Publ. à l'origine dans la coll. : Collection Roman québécois.

ISBN 978-2-89406-292-0

I. Titre

PS8551.S87B72 2008   C843'.54   C2008-940348-7
PS9551.S87B72 2008

Dépôt légal : 2ᵉ trimestre 2008
Bibliothèque et Archives nationales du Québec

IMPRIMÉ AU CANADA

1

Il lui arrivait souvent de rêver.

Ce matin-là, il aurait dû être debout depuis longtemps, mais la douceur de la température et les braises encore chaudes du feu de la veille le maintenaient dans une douce torpeur.

Sans ouvrir les yeux, il savait que la neige tombait. Et pourtant, il était transporté par son rêve volontaire au-delà des étoiles de l'immensité des Esprits.

Sans ouvrir les yeux, il sentait le jour sans soleil s'épanouir. Et pourtant, dans cet engourdissement de rêve, il voyait ses deux enfants jouer dans la neige de cet espace laiteux.

Sans ouvrir les yeux, il sut qu'il était temps de se lever; le museau froid d'un de ses chiens sur son visage l'avait ramené à la réalité quotidienne de son long hiver. Et pourtant, il s'obstinait à songer à la mère de ses deux fils, dont les cheveux se confondaient à la nuit de son rêve.

Sans ouvrir les yeux, il sut que les chiens étaient prêts à reprendre le sentier du retour vers ceux pour qui leur maître vivait. Et pourtant, il persistait à vouloir rêver que ce bonheur qu'il ressentait durerait toujours.

début extrait #1

Sans ouvrir les yeux, il entendit les chiens secouer toute la neige de la nuit.

Sans ouvrir les yeux, il les sentit impatients de repartir et de retrouver les enfants pour se rouler dans la neige avec eux.

Sans ouvrir les yeux, il sentit que les chiens avaient hâte d'arriver au campement principal où quelques soleils de repos les attendaient.

Sans ouvrir les yeux, il se vit aider la belle Ikwe, sa femme, à nettoyer les peaux de ses dernières captures.

Sans ouvrir les yeux, il sentit que le contact de son contraire briserait son impatience des derniers jours.

Sans ouvrir les yeux, il revit le jour où il avait choisi ce contraire magnifique pour compagne afin de se compléter et pouvoir, comme ses ancêtres, se continuer en d'autres.

Sans ouvrir les yeux, il plongea plus avant dans ce rêve pour voir ces deux choix de continuation, Ogimah, douze hivers et Kakons, dix printemps. Deux mâles qui feraient ce que lui, son père et son aïeul avaient fait avant eux.

Le bruit d'une branche brisée lui fit ouvrir les yeux pour la première fois ce matin-là.

La neige tombait abondamment. Il donna un ordre à ses chiens qui s'étaient mis à grogner en dressant leurs oreilles.

À une centaine de pas, un magnifique chevreuil s'était arrêté. Il semblait indécis sur le sentier à prendre pour fuir ces chiens qu'il craignait beaucoup plus que lui, cet Anish-Nah-Be encore étendu sur la couche de branches de sapin, sous l'abri construit la veille et à demi enfoui sous la neige.

homme sans poil.

L'indécision de la bête permit au chasseur de compléter la charge de la traîne tirée par ses six chiens.

À l'heure où le soleil aurait été à son plus haut s'il s'était montré, la traîne de Minji-mendam fit son apparition sur la neige blanche recouvrant la nappe glacée du lac Pok-O-Nok, face au campement du trappeur.

Au milieu des rires d'enfants et des aboiements, il déballa de la traîne les prises de cette dernière tournée des pièges.

Plus tard, repus de viande de castor, les deux garçons se glissèrent sous les chaudes couvertures en peaux de lièvres pendant que le contraire de Minji-mendam déposait le chaudron de fonte dans la neige, à l'extérieur de la cabane.

Depuis que les enfants s'étaient emmitouflés sous les couvertures, Minji-mendam n'avait pas quitté des yeux ce contraire qui le complétait si bien. Lorsqu'Ikwe revint vers le fond de l'abri, Mendam se dressa devant elle. Il la regarda longuement, comme s'il avait voulu la prendre des yeux.

Ikwe sourit.

Les mains du chasseur se mirent à caresser lentement le visage et les longs cheveux noirs de ce contraire qui ferma les yeux.

Les yeux fermés, Ikwe défit la lanière de peau fumée qui fermait son vêtement, du cou à la taille. Elle glissa lentement ses épaules hors de cette robe qui tomba sur le sol recouvert de branches de cèdre et d'épinette. Elle resta un moment immobile devant son compagnon, ne portant plus que ses makissins¹ qui lui montaient à mi-jambes.

souliers

Les bras puissants du trappeur soulevèrent ce corps nu et offert pour l'étendre sur la couche de peau d'orignal. Jamais deux êtres ne s'étaient aimés plus complètement. Lorsque les deux corps ruisselants de sueur s'endormirent sous la peau d'orignal, deux sourires enfantins brillèrent dans l'obscurité de la cabane.

Jamais une famille n'avait été aussi unie.

Tout au long de cette nuit de sommeil, les rêves devinrent calmes et reposants.

Tout au long de cette nuit de retrouvailles, Ogimah et Kakons revirent le scintillement dans les yeux de Mendam et d'Ikwe, signe de leur joie de se revoir.

Tout au long de cette nuit de sommeil, l'acte d'amour accompli dans la pénombre de la cabane par ces compagnons plus expérimentés qu'eux et la traîne remplie de gibier et de fourrures leur redonnèrent ce sentiment de sécurité du lendemain nécessaire à chaque enfant Anish-Nah-Be. homme sans poil

Tout au long de cette nuit de repos, la voix douce et mélodieuse d'Ikwe chantant l'Air des Retrouvailles emplit le sommeil des enfants et l'esprit amoureux de Minji-mendam. Cet air doux et envoûtant qu'elle avait fredonné la veille tout en préparant le festin de castor.

Et sur cet Air des Retrouvailles venu de la nuit des temps anciens, tous les habitants de la cabane reposèrent, baignant dans la douce chaleur qui rayonnait du feu central allumé pour la nuit.

La neige tombait mollement près de l'ouverture du toit d'où la fumée s'échappait.

dépression/
Abattement
profond.

Bert Côté s'éveilla très tard ce matin-là. Il secoua la tête comme un chien s'ébroue au sortir de l'eau. Il avait encore bu et s'était couché très tard, après que tout le village se fut endormi.

Il s'étira longuement puis, d'un seul coup, s'assit sur l'amas de guenilles qui lui servait de lit. Il se passa la main sur le visage: il vivait toujours. Après un long moment de prostration, il tendit le bras vers l'étagère qui lui servait à la fois d'armoire et de table pour atteindre une bouteille. Son geste malhabile fit qu'il la renversa. Il se leva précipitamment pour éviter qu'elle ne se vide au complet. Inutile: elle était déjà vide. Il se laissa retomber lourdement sur sa couchette. Au bout d'un moment, il eut un frisson. Le froid s'installait peu à peu dans la cabane malgré la douceur du temps.

Bert regarda près de la truie qui chauffait habituellement l'unique pièce. Il n'y avait plus de bois. Il se leva. Habillé de la veille, il n'eut qu'à mettre son parka de peau d'orignal pour sortir *cri du bois,* comme il maugréa entre ses dents.

Il neigeait toujours. La neige formait une épaisse couche molle; elle tombait, calmement, depuis sept jours.

13

Soufflant et suant à cause de son embonpoint marqué, Bert se dirigea vers son hangar, il calait dans la neige jusqu'au haut des cuisses. En arrivant à l'entrée de l'abri d'épinette, il buta sur un objet enfoui dans la neige et s'étendit de tout son long, la face la première.

— Tabarnak!

Toujours à quatre pattes il se ravisa et, levant la tête vers le ciel, il s'excusa tout haut :

— Pardon Seigneur, j'voulais pas sacrer.

Il se releva, nettoya un peu l'entrée et ramassa la hache plantée dans une bûche tombée.

— Baptême, j'l'avais laissée traîner aussi!

Arrachant l'outil de la bûche il en vérifia la coupe. Puis, replaçant la bûche à la verticale il mit dessus une pièce d'érable qu'il fendit d'un seul coup. Tout en travaillant à fendre son bois, Bert voyait le village vivre. Il le regardait sous cet angle pour la première fois, car il n'avait pas dessaoulé depuis des mois.

Petit à petit son rythme de travail ralentit et il se mit de plus en plus à observer ses semblables. La vie augmentait de rythme chaque jour depuis l'arrivée des coupeurs de bois. Les attelages doubles tirant des charges de billots vers la rivière se faisaient plus nombreux et rendaient la circulation dangereuse pour les piétons de ce paisible village du nord de la Gatineau.

Bert voyait les gens entrer au nouveau magasin général tenu par un Canadien français. Il se dit que cela ferait un peu de compétition à cet Écossais qui les volait tout rond depuis dix ans et que les Algonquins allaient faire plus d'argent avec leurs fourrures.

Pendant qu'il regardait vivre son village, Bert oubliait le froid, la neige, la pluie, la mesquinerie des gens, la cupidité des marchands et des exploiteurs forestiers. Il oubliait les raisons profondes de son désœuvrement habituel. Il oubliait la bouteille dont il était l'esclave, la pauvreté dont il était la victime et sa déchéance face à la société dont il faisait partie. Il oubliait ses propres misères, tout comme s'il avait été saoul. Il oubliait surtout de se pencher sur ses *bad lucks* comme il le faisait quand il était ivre.

Perdu dans ses réflexions, Bert n'avait pas vu venir un homme en raquettes. L'homme n'en revenait pas de voir que Bert ne l'avait pas entendu ; le visage souriant de grimaces, il mit la main sur son épaule. L'autre sursauta :

— Maudit qu't'es bête d'arriver dans l'dos du monde comme ça. J'te l'ai déjà dit, Ti-Trou : quand j'travaille avec un outil coupant comme celui-là, y faut pas me surprendre ! J'aurais pu m'faire mal, baptême.

Le visage de l'homme ne changea point d'expression, il demeura béat. Il répondit pourtant sans attendre :

— Paresseux comme tu l'es, ta hache doit même pas couper.

L'arrivant était habillé de guenilles, portait son casque tout de travers et ses souliers de bœuf étaient usés. Il passait pour l'idiot du village mais, au fond, personne n'était vraiment sûr qu'il le fût. Il enleva ses raquettes qu'il planta dans la neige. Puis il s'assit sur le tas de bois déjà fendu et il se mit à suivre des yeux les mouvements de Bert qui s'était remis à fendre son bois.

Longtemps Ti-Trou l'idiot observa Bert Côté travailler. Longtemps il sembla intrigué par le fait que cet homme, considéré par tout le village comme un incapable et un sans-cœur, un ivrogne invétéré, soit capable d'effort en cas de nécessité. Mais cet effort ne dura pas au-delà de la pensée de Ti-Trou. Bert s'arrêta soudain et regarda l'idiot dans les yeux.

— Ça fait combien de temps que tu restes avec le curé? Comment qu'tu t'arranges avec lui?

Ti-Trou sembla surpris de la question et ne répondit pas. Il baissa même les yeux et perdit son sourire.

— Ben quoi? Y t'magane pas?

Ti-Trou s'empressa de répondre en regardant Bert droit dans les yeux comme s'il avait peur que celui-ci s'imagine que le curé ne soit pas un homme gentil.

— Non, non, ben non. Ben seulement, y dit que j'suis innocent pis que j'vas aller au ciel pour ça. Moé, j'aime pas ça être innocent. Parsonne y m'parlent parc'qu'y disent que c'est rien que les innocents qui vont au ciel direct, pis y sont jaloux. Moé, j'aimerais mieux pas aller au ciel, pis pas être innocent, pis que le monde y m'parlent.

Bert s'approcha de Ti-Trou, lui mit une main sur l'épaule de façon très amicale et lui remit la hache de l'autre, en lui disant:

— Bah, sois pas triste. Quand tu s'ras au ciel, y vont s'fendre le cul pour te parler. Pis là, ben... tu... tu... tu d'manderas au Bon Dieu si tu peux les punir en t'fermant la gueule?

Ti-Trou partit à rire comme si Bert avait fait une grosse farce et il se mit à fendre du bois.

Il neigeait.

Depuis trois jours la femme conduisait la traîne tirée par les six chiens et dans laquelle se trouvait Minji-mendam.

Il neigeait abondamment.

Depuis trois jours et avec quelques brèves pauses pour laisser reposer les deux jeunes garçons, Ikwe avait poussé les chiens en vue d'arriver à la Pointe-aux-Algonquins, là où la Kitiganisipi se jette dans la Gatineau. ⌐*la rivière aux jardins.*

Il neigeait toujours.

Depuis plus de sept jours la neige tombait sans arrêt. Jamais personne au campement de la Pointe n'avait parlé d'une tempête de neige si longue. Cette neige épaisse et son peu d'habitude à conduire une traîne de six chiens compliquaient doublement la tâche pour la femme du trappeur.

Il neigeait lourdement.

Les deux garçons, alternativement et lorsque la traîne faisait halte, se remplaçaient sur l'unique paire de raquettes à neige pour enfant disponible. L'autre se recroquevillait sur l'avant de la traîne, aux pieds de Minji-mendam malade et délirant.

Il neigeait calmement.

Depuis que son homme était tombé malade de cette fièvre que les herbes n'avaient pu enrayer, Ikwe n'avait pris aucun répit.

Il neigeait jusque dans l'esprit d'Ikwe depuis qu'elle s'inquiétait pour la vie de son homme. Les deux enfants, courageux et bien entraînés à la marche, ne s'étaient pas une seule fois plaints de la fatigue qu'ils ressentaient. Même les chiens, habitués à manifester leur fatigue en se couchant, semblaient trouver l'énergie nécessaire à poursuivre le sentier enfoui sous la couche épaisse de neige accumulée depuis des jours et des jours.

Il neigeait aussi sur le village lorsque la traîne, tirée par les six chiens complètement épuisés, s'engagea dans la rue principale pour se rendre au chemin de la Pointe-aux-Algonquins.

Il neigeait.

Minji-mendam avait commencé à délirer et s'agitait de plus en plus depuis que la traîne s'était engagée dans cette rue du village des coupeurs de bois.

Il neigeait continuellement. *la rivière aux jardins*

Ikwe avait préféré suivre la Kitiganisipi plutôt que de risquer de la traverser avec toute la charge humaine que portait la traîne. Le courant très fort de cette rivière empêchait souvent la glace de bien prendre. À moins de bien connaître les tournants où les amoncellements formaient des ponts naturels permettant la traversée en toute sécurité, il valait mieux ne pas s'y risquer. Toutefois, le trajet en était de beaucoup plus long puisque cette rivière comportait de multiples détours et revenait souvent sur elle-même.

Il neigeait.

Ikwe avait dû s'engager dans l'artère principale du village, car le sentier du long de la rivière était coupé par une cour où le contracteur McManamy faisait empiler des billots prêts à être transportés à la jetée de la Gatineau. Ce n'est qu'à la hauteur de «l'Auberge», comme l'appelaient les Français, que le chemin de la Pointe-aux-Algonquins continuait.

Il neigeait moins fort depuis quelques instants. Ikwe ne se sentait pas à son aise dans ce village composé en majorité d'étrangers et elle avait hâte de l'avoir traversé. En arrivant devant ce *Inn,* comme le nommaient les Irlandais et les Écossais, Ikwe eut un frisson. Elle revit en esprit l'image d'épouvante qui l'avait marquée dans son enfance, à cet endroit même. Elle revit plusieurs hommes agissant comme des bêtes enragées, se battant et bavant, gesticulant et vociférant. Des hommes ivres de l'alcool des coupeurs de bois.

Au moment où elle passait devant le débit de boissons — de cette boisson dont se gavaient les bûcherons chaque fin de semaine —, un homme s'avança vers la traîne en titubant.

Il bafouilla quelques mots qu'Ikwe ne comprit pas mais elle ordonna aux chiens d'aller plus vite et, malgré leur fatigue, ils redoublèrent d'efforts pour s'éloigner le plus vite possible de l'endroit.

Il neigeait beaucoup moins.

Dès que les chiens sentirent le campement de la Pointe-aux-Algonquins, ils se mirent à aboyer pour manifester leur joie. Ils pourraient s'y reposer.

Ikwe se sentit soulagée. Ogimah, qui avait marché en raquettes tout l'après-midi, se sentit bien las mais heureux d'avoir réussi un parcours d'homme sur une paire de raquettes d'enfant.

Kakons, endormi aux pieds de Minji-mendam, s'était éveillé dès les premiers aboiements des chiens et il savait, malgré son jeune âge, que son père aurait désormais les soins que son état nécessitait. Lorsque la traîne s'immobilisa devant la grande cabane de bois rond d'où sortirent un homme et une femme d'un certain âge, les chiens se turent.

L'homme, Ajijiwa, père d'Ikwe, et son épouse Tanis, aidèrent leur fille à transporter Minji-mendam à l'intérieur, pendant que les deux enfants détélaient les chiens pour les attacher aux arbres autour de la cabane. Lorsque les deux futurs hommes entrèrent à leur tour dans la cabane, la neige avait cessé de tomber.

Bert Côté avait regardé vivre son village durant toute une journée pendant que son ami Ti-Trou avait fendu assez de bois pour passer le reste de l'hiver confortablement sans avoir à s'éreinter pour en refendre.

Bert Côté avait passé une journée entière sans boire une seule goutte d'alcool.

Bert avait passé une journée entière à parler, à passer ses commentaires sur ce qu'il voyait et à philosopher devant son seul admirateur, Ti-Trou.

À la tombée du jour, devant le souper qu'il avait préparé pour son ami, il était triste. Triste de ne pouvoir offrir plus que des œufs à cet ami qui avait fendu plus de deux cordes de bois pendant que lui, l'ivrogne du village, avait fait son éducation sociale.

Il aurait aimé que cet idiot ne le soit pas. Il aurait aimé que ce Ti-Trou soit un être écouté de tous. Il aurait tant voulu que les coupeurs de bois lui reconnaissent une valeur d'homme même s'il était incapable de bûcher comme les autres travailleurs du village. Il aurait tellement voulu que les Algonquins lui reconnaissent une valeur d'intelligence malgré son incapacité à trapper les animaux à fourrure et le gros gibier des forêts environnantes. Et se sentir lui-même respecté par la communauté qui l'entourait. Ou alors avoir le courage de partir de cet endroit où il n'était que Bert Côté l'ivrogne et s'établir dans une ville où les gens seraient venus l'entendre parler des hommes, des oiseaux et des fleurs qu'il connaissait si bien.

Mais il n'était que Bert Côté, sans famille et sans autre ami que Ti-Trou l'idiot. Et surtout sans ce courage de tout recommencer comme il l'avait fait en venant s'installer dans ce pays de coupeurs de bois et de trappeurs, où il croyait faire fortune sans avoir à se faire mourir au travail.

Bien sûr on l'avait écouté au début. On avait ri de ses farces et on s'était amusé des travers des gens de ville que Bert avait si bien su décrire. Mais on s'était vite lassé d'entendre les mêmes histoires et l'on ne voulait plus l'écouter à présent.

— Ça fait vingt-deux ans que j'suis icitte pis ça fait dix-sept ans que j'travaille pas plus qu'une journée par-ci par-là. Ça fait que pour passer le temps, ben j'prends un coup.

Bert avait parlé presque pour lui-même mais Ti-Trou s'était arrêté de manger et le regardait tout surpris:

— T'as déjà travaillé, Bert? J'veux dire... une vraie job?

— Ouais, cinq ans. J'sus r'monté jusqu'ici en canot d'écorce avec le Grand Chef Pakinawatik en 1851. Oh! j'étais pas tout seul. Y'avait un père oblat avec nous autres. On était partis du lac des Deux-Montagnes pour remonter la rivière des Outaouais et puis la Gatineau et se retrouver ici, sur la terre des Algonquins du castor. Les Amik-Ininis comme y s'appellent eux-

tribu algonquine.

autres-mêmes. Les Algonquins voyaient leur premier missionnaire venir jusque chez eux pis moé, j'voyais mon premier Algonquin *de visu*. C'était tout un homme, c'te chef-là! Pas grand, mais fort comme un bœuf. Y riait tout le temps et pouvait te raconter une histoire française ou bien t'en traduire une de l'algonquin pis qu'était aussi drôle que la française. J'aurais dû dev'nir Indien au lieu de travailler pour le maudit McManamy.

Le Bert resta silencieux quelques instants et Ti-Trou n'osa pas troubler son silence. Puis il reprit son récit, comme poussé par le besoin de communiquer ce que personne ne semblait connaître dans la région. Mais peut-être les gens avaient-ils oublié ce qu'il avait été autrefois, occupés à vivre leur propre vie.

— Quand j'suis arrivé à la Pointe-aux-Algonquins dans l'canot d'écorce du Chef Pakinawatik, j'avais jamais touché à une maudite goutte de boisson. J'étais un niaiseux d'Montréal qui avait été à l'école plus longtemps qu'les autres sans connaître le monde comme y'était. Les gens autour de moi voulaient que j'devienne prêtre, pis c'est pour ça que l'évêque avait payé mes études. Mais j'étais pas fait pour c'te vie-là, ça fait que y'ont tous été en beau maudit quand j'sus sorti du séminaire pour vivre dans l'monde normal. Mon père m'a dit : «Mon garçon, après avoir apporté la honte à ta famille, pense pas que j'vas t'garder icitte à rien faire. Si tu peux te trouver une job en dehors de la paroisse, j'aimerais mieux ça que d'te voir traîner autour d'la maison pour que tout le monde parle de contre nous autres.» Le lendemain, j'm'engageais à'compagnie d'papier comme *paymaster,* mais comme personne me parlait plus dans famille, j'suis parti pour

Oka où j'savais qu'ça grouillait pour les jobs dans l'nord. Sans argent, j'pouvais pas prendre la calèche pour monter icitte, ça fait que j'ai d'mandé au chef si y m'prendrait pas avec lui pis y'a dit oui. Ça m'a pas coûté une cenne pour monter dans'région. C'est le seul homme qui m'a pas d'mandé d'où est-ce que j'venais, qu'est-ce que j'avais fait ou bien combien d'fois par semaine j'allais à la messe. Y m'a accepté comme j'étais pis je l'ai aimé tout de suite. En arrivant à Manito-akki, comme l'appelait le chef, McManamy était à la Pointe et cherchait des gars pour travailler su'a drave. Mais les Algonquins voulaient pas travailler pour lui. Ça l'air qu'y le connaissaient. Mais comme y'avait besoin d'un gars instruit comme *paymaster,* j'ai eu la job en débarquant. Ç'a duré cinq ans. En 1856, McManamy a eu besoin d'argent pour financer ses chantiers. Y'est allé voir MacIntosh, le marchand général, qui y'a prêté c'qui avait besoin mais à condition qu'y engage Stewart MacIntire à ma place. Entre eux autres, y s'protègent, les Écossais pis les Irlandais. J'étais pourtant un maudit bon employé. J'me paquetais ben une fois de temps en temps, mais j'achalais personne.

Bert se tut à nouveau. Il repensait à ce qu'il venait de conter, le regard vide. Ti-Trou, fort intéressé par ce que Bert venait de lui dévoiler pour la première fois, se tourna vers le conteur pour entendre la suite. Mais Bert restait perdu dans ses pensées.

Ti-Trou attendit. Au bout d'un moment, Bert continua.

— C'te maudit MacIntosh, y'a bâti son magasin général avec l'argent de son père qu'était au Parlement du Haut-Canada, mais y s'est mis riche avec l'argent des gens d'icitte, en les volant tout rond pis en forçant ceux qui d'mandent crédit à travailler pour lui pis à payer le double de c'qui doivent. Ceux qui veulent pas payer à sa demande, y leur fait casser la gueule par son boxeur, le grand John Ireland. McManamy lui, y'est obligé d'faire plaisir à MacIntosh qui y fournit son argent pour ses chantiers. C'est pour ça qui donne une paye à Stewart MacIntire: juste pour aller porter la paye aux bûcherons dans les chantiers. Y travaille rien qu'une fois par mois, mais y'est payé tout le temps à rester à l'auberge pis à prendre un coup. Mais lui, y'a personne qui l'appelle un ivrogne même si y'est saoul la moitié du temps. Y travaille avec gages pis quand y peut pas payer, son boss Jim McManamy paie pour lui. Les gens d'icitte sont assez chieux qu'y oseraient pas l'traiter d'ivrogne parce qu'y'ont peur de lui pis des Écossais du boutte. Moé, y savent que j'sus pas capable de m'battre, même si des fois j'aurais envie de toute leur casser la gueule chacun leur tour.

Sec et triste, Bert parla de son passé, de l'attitude des gens qui l'entouraient, de leurs défauts et de leurs qualités, sans pourtant les salir sur le plan personnel aux yeux de Ti-Trou, cet idiot du village qui avait su l'écouter sans interrompre, mieux encore qu'une personne intelligente n'aurait su le faire.

Bert ne parla pas des Algonquins qui vivaient au milieu de ces gens, si ce n'est de l'histoire de son arrivée avec le Grand Chef Pakinawatik, vingt-deux ans plus tôt. Il ne parla pas non plus des Canadiens français, ses compatriotes, qui le dénigraient tout autant que les anglophones pouvaient le faire. À quelques exceptions près, il avait réussi à dresser le tableau de l'adversité en faisant abstraction de celle qu'avaient formée ceux qu'il acceptait comme pareils à lui.

A la fin de ses confidences il se rendit compte que Ti-Trou s'endormait, car ses yeux se fermaient de temps en temps. Il se rendit compte qu'il parlait depuis plusieurs heures et qu'il était très tard. Assez pour envoyer Ti-Trou regagner son lit au presbytère, où le curé serait content de voir son protégé rentrer au bercail aussi régulièrement, malgré «l'influence néfaste de Bert Côté, l'ivrogne invétéré du village», comme il le disait lui-même.

Une fois seul, Bert se déshabilla et se mit au lit. La truie était chaude et Bert fatigué d'avoir tant parlé sans boire une seule goutte de boisson. Mais il dormit profondément, comme s'il avait bu. Dehors, la neige avait cessé de tomber et le froid avait commencé à prendre sa place.

*j'imagine que ce moment est en même temps que la p. 20

1.4

Nom de la tribu Algonquine

Ikwe aimait beaucoup Mendam.

La maladie, bien que longue, semblait vouloir quitter le corps et l'esprit de l'Amik-Inini. Avec la fonte des neiges, les maladies se devaient de quitter les hommes, car le soleil aurait bientôt fait de les chasser loin vers le nord. L'Algonquin devait refaire ses forces pour reprendre le métier de ses ancêtres et redonner à sa famille la fierté de pouvoir dire qu'il était toujours le meilleur trappeur de la région.

Ikwe aimait tellement Mendam qu'elle voulut qu'il reprenne des forces plus rapidement.

Elle se rendit un jour au village avec une traîne pour y faire des provisions afin de rebâtir les forces de Minji-mendam. Il faisait un soleil magnifique et la neige fondait. Ikwe devait marcher dans cette neige lourde qui pénètre les meilleurs makissins, même s'ils sont enduits d'huile de pied d'orignal. *souliers.*

Arrivée dans la rue principale elle hésita, indécise quant au marchand à choisir. D'un côté, le marchand Jos Parent, Canadien français nouvellement établi au village. On le disait honnête, mais sa femme était tout ce qu'il y avait d'antipathique. De l'autre, Ian MacIntosh, l'Écossais arrivé voilà plus de vingt ans. Il

27

était un traiteur dur et pas toujours très honnête mais faisait généralement crédit s'il pouvait y trouver son profit. Ikwe réfléchit. Elle ne connaissait pas Parent. Accepterait-il de lui faire crédit? MacIntosh connaissait bien son époux, à qui il avait jadis acheté des fourrures. Elle entra chez lui.

Ikwe aimait assez Mendam pour ne pas craindre l'humiliation d'un refus venant de ce marchand peu scrupuleux.

Timidement, elle ouvrit la porte activant une cloche fort bruyante qui la fit sursauter. Elle eut l'impression que le monde entier la regardait entrer et elle eut envie de fuir. Elle n'osa regarder vers le fond du magasin de peur de reconnaître quelqu'un. Elle demeura immobile près de la porte qu'elle avait refermée avec beaucoup de soin pour que la cloche ne tinte pas.

Après un moment, elle entendit une voix avec un fort accent anglais lui crier:

— Rentrez, rentrez, soé pas gênée. J'finis avec lui pis j'te sers.

Ikwe s'avança lentement vers le comptoir, la voix du marchand lui avait déplu. Ses yeux s'habituaient peu à peu à la pénombre du magasin et elle commençait à distinguer tous les objets d'ordre utilitaire dont elle avait rêvé depuis longtemps et que Minji-mendam avait promis de lui acheter dès que la vente des fourrures le permettrait.

Ikwe aimait passionnément Mendam. Mais elle ne put s'empêcher d'avoir envie d'une poêle de fonte et d'un grand châle de soie rouge qu'elle avait repérés au premier coup d'œil. Si le marchand le lui permettait, elle achèterait ces articles et peut-être aussi un peu de ces bonbons sucrés qu'elle voyait dans les pots de vitre. Ce serait une récompense pour les deux enfants qui avaient tellement travaillé depuis le début de la maladie de leur père.

— What... Oh! Excuse-moé... j'peux-tu faire quèque chose pour toé, la noère? ~~→ couleur chx~~

Ikwe sursauta au son de la voix qui s'adressait à elle. Perdue dans ses pensées, elle avait presque oublié le marchand écossais qui venait de terminer sa séance de troc avec un trappeur.

— As-tu besoin d'quèque chose?

La voix sonnait faux à l'oreille de la belle Ikwe, mais elle fit un effort pour surmonter sa crainte.

— Ton mari y'é tu mieux? J'te parle, la noère!

Ikwe voulut répondre mais aucun son ne sortit de sa bouche. Un léger hochement affirmatif de la tête permit à l'Écossais d'apprendre que Minji-mendam se portait mieux.

— As-tu besoin de fleur*? Une poche de cent livres?

Encore une fois Ikwe voulut dire oui en français, comme elle en était habituellement capable. Elle ouvrit la bouche mais aucun son n'en sortit. Un signe d'acquiescement suffit à l'Écossais pour qu'il aille chercher le sac de farine et le mette sur le comptoir.

— À part de ça?

Cette fois elle répondit très vite:

— Binnes**.

— Yes mam, tout de suite.

---

* Fleur: de l'anglais *flour* pour farine; anglicisme employé couramment par les Canadiens français.

** Binnes: de l'anglais *beans* pour fèves; anglicisme employé couramment par les Canadiens français.

Il disparut vers l'arrière-boutique et revint avec un sac de vingt-cinq livres.

— M'lasse.

Le mot avait été beaucoup plus lancé que dit, mais Ikwe en était très fière et cela lui donna confiance. L'énumération de ses besoins devint un jeu.

— Lard salé, sucre, thé…

— Is that all?… J'veux dire, c'est-tu toute?

De nouveau Ikwe se sentit glacée de terreur. Elle avait oublié de dire qu'elle n'avait pas d'argent pour payer et qu'elle voulait tout acheter à crédit.

— C'tu toute? Damn it, réponds-moé?

Elle fit un effort surhumain pour dire:

— Pas d'argent…

Elle fut incapable d'en dire plus et elle se sentit paniquer.

— Tu veux du crédit? Sure, no problem. Ton mari c'tun bon trappeur. Prends c'que tu as besoin, don't be shy.

Ikwe se sentit soulagée. Elle lança:

— Bonbons… un sac en papier.

Pendant que le marchand, traiteur, prêteur, financier, juge de paix, maire et le reste, faisait une sélection de friandises pour les enfants de la magnifique Ikwe la noire, celle-ci s'emparait de la poêle de fonte et du châle de soie rouge qu'elle convoitait tant et les mit sur le comptoir avec les autres articles. Quand elle eut signifié que c'était tout, Ian MacIntosh se mit à faire l'addition des marchandises achetées. Puis, il ordonna à son employé, le grand boxeur John Ireland qui lui servait aussi d'homme de main, de porter le tout sur la traîne de la belle Ikwe.

La charge était lourde et Ikwe, pourtant heureuse d'avoir obtenu crédit, se prit à regretter ses achats superflus. Mais ce n'était pas la poêle de fonte, les bonbons ou le châle de soie rouge qui pesaient le plus. La farine, les fèves, la mélasse et le lard salé constituaient à eux seuls une charge beaucoup trop lourde pour elle.

Elle s'engagea dans le chemin de la Pointe-aux-Algonquins. Elle devait s'arrêter fréquemment pour reprendre son souffle et ses forces : elle aurait bien dû amener les chiens, pour qui une telle charge était si facile à traîner.

Sur le chemin de la Pointe, Ikwe fut à maintes fois dépassée par des attelages doubles de chevaux tirant des charges de billots vers la jetée de la rivière Gatineau. Elle pensa : « Si seulement je n'étais pas aussi gênée, je demanderais à un charretier d'accrocher ma traîne à sa charge. » Mais elle n'osa pas.

Au moment où une charge tirée par deux chevaux passait près d'elle, les chaînes retenant les billots se brisèrent et les arbres ébranchés déboulèrent avec fracas sur Ikwe, l'ensevelissant du même coup. Tout s'était passé si vite, elle n'avait pas eu le temps d'avoir peur. La mort avait frappé avec une telle force et de façon si soudaine que le charretier en resta figé sur place, debout sur le bas-cul de l'attelage, à l'avant de la charge.

Par miracle il ne fut pas touché quand les billots déboulèrent, même si les chevaux eurent peur et faillirent prendre le mors aux dents. Par un réflexe normal de charretier il les avait retenus et demeurait ébahi.

Il ne fit aucun mouvement pour libérer la femme écrasée sous la charge. Il était là, les yeux fixés sur un châle de soie rouge qui dépassait entre deux billots.

Ikwe avait tant aimé Minji-mendam.

Ikwe meurt.
on peut voir qu'elle
aime plus que tous Minji.
elle a acheté à crédit au
magasin de MacIntosh.

2

Les yeux fixés vers l'immensité des esprits, Minji-mendam était transporté dans un autre monde.

Les enfants jouaient autour de lui sans troubler le voyage qu'il faisait vers son passé.

Les yeux fixés vers l'immensité des esprits, Minji-mendam chiffonnait inconsciemment le châle de soie rouge qu'on lui avait remis à la mort d'Ikwe.

Les yeux fixés vers l'immensité des esprits, Minji-mendam ne perdait pourtant rien de l'activité de ses fils. Kakons plantait un bâton dans le sol encore tendre et mouillé de la saison de la repousse pendant qu'Ogimah tentait de le faire tomber par un manège semblable. Et à tour de rôle le jeu recommençait.

Les yeux fixés vers l'immensité des esprits, Minji-mendam revivait en pensée les saisons de bonheur vécues avec cette femme silencieuse et aimante qui avait été la sienne.

Les yeux fixés vers l'immensité des esprits, Minji-mendam ressentait une profonde douleur; le départ trop brusque de celle qui lui avait procuré tout ce qu'un homme peut espérer d'une femme saignait en lui comme une plaie.

Les yeux fixés vers l'immensité des esprits, Minji-mendam entendait Ikwe fredonner l'Air des Retrouvailles et son front s'assombrit. Il revivait, par cet air, chacun de ses retours de chasse. Il revivait, par cet air, le prélude à l'union physique qui les laissait tous deux sans force et heureux, exténués et satisfaits d'être des contraires qui se complétaient si bien.

Les yeux fixés vers l'immensité des esprits, Minji-mendam sentait peu à peu les sueurs couler le long de ses tempes et son esprit revenir vers le présent.

Les yeux moins fixes et l'oreille prête à revivre, il sentit une présence autre que celle des enfants et Minji-mendam redevint le chasseur à qui aucun bruit n'échappait. Le froissement des makissins sur l'herbe encore courte et fraîche était suffisant pour que l'oreille du chasseur revive.

Le froissement à peine perceptible du pas du nouvel arrivant dénotait la grande souplesse de son corps et la discrétion naturelle de l'homme d'un autre âge que celui du chasseur.

La silhouette de cet homme d'un grand âge se dessinait à travers les rayons du soleil encore bas dans son levant, et l'œil du chasseur en fit l'examen complet : il vit les longs cheveux blancs et les profondes rides de la sagesse sur le visage de l'aîné des Amik-Ininis de la Terre des Esprits.

L'œil du chasseur vit le sourire sur les lèvres de Mashkiki-winini, le sorcier des plantes, alors qu'il remettait des sifflets aux deux enfants, et cela le fit sourire pour la première fois depuis la mort d'Ikwe. Il reconnut le style de sifflet fait d'un morceau de jeune tremble dont on enlève l'écorce que l'on replace après avoir fait des encoches pour laisser passer l'air.

Le cœur du chasseur fut rempli de joie devant l'enthousiasme de ses deux fils qui reprenaient goût à la vie. Sa reconnaissance fut grande pour l'aïeul.

Les sourires du chasseur et du vieil homme accompagnèrent leurs regards vers ces deux enfants, continuation de leur race, et leurs oreilles se remplirent des sifflements stridents produits par les instruments de tremble entre les lèvres de Kakons et d'Ogimah. Puis les deux hommes se regardèrent longuement, l'un et l'autre, et leurs sourires s'effacèrent. Mais au-delà des paroles qu'ils n'échangèrent pas, leurs deux esprits communiquèrent comme deux morceaux d'un même arbre que les coupeurs de bois auraient remis en place après les avoir sciés.

L'esprit du chasseur saisit ce que le vieil homme aurait voulu lui dire, et Mashkiki-winini comprit que les mots de réconfort sont inutiles quand la blessure du cœur saigne encore.

Le sage aux cheveux blancs, qui était venu sur cette Terre des Esprits avec le grand Pakinawatik, longtemps avant que les coupeurs de bois ne commencent à abattre la forêt, avait procédé à la cérémonie traditionnelle de l'union de Minji-mendam, fils du grand-chef, et d'Ikwe, fille d'Ajijiwa et de Tanis. Cet homme, dont on ignorait l'âge, avait préparé les mélanges d'herbes qui avaient facilité la naissance du premier des fils d'Ikwe. À l'instar de ses ancêtres, il croyait que les herbes médicinales devaient servir à prévenir la maladie et non seulement à la soigner.

Après ce long regard entre eux, le chasseur rejoignit ses deux fils pendant que le vieil homme se dirigeait vers le village des coupeurs de bois, par le chemin de la Pointe-aux-Algonquins. Minji-mendam entreprit *tradition Algonquin.*

alors d'enseigner aux deux jeunes la façon de fabriquer ces traditionnels sifflets de jeune tremble. Lorsque le vieil homme se retourna vers les trois membres vivants de cette famille jadis unie, ses yeux à moitié voilés par le soleil levant aperçurent un long châle de soie rouge accroché à une branche d'arbre.

2.2

Les feuilles tombaient des arbres. La saison d'abondance était terminée. Le chasseur travaillait déjà à la préparation de sa saison de trappage et frottait ses pièges d'acier avec des rognons de castor. Ses raquettes à neige et ses mocassins d'hiver étaient déjà bien enduits d'ail sauvage pour que les animaux ne puissent flairer l'odeur de l'homme.   *la rivière*

Les feuilles tombaient abondamment des arbres et les cinq canots alignés sur la grève de la Kitiganisipi vibraient au gré des bourrasques de l'automne. De temps à autre, Minji-mendam jetait un coup d'œil vers les cinq embarcations comme pour s'assurer que les provisions qu'elles contenaient déjà n'allaient pas s'envoler.

Les feuilles tombaient abondamment des arbres et l'Amik-Inini songeait qu'il faudrait d'autres pièges de métal apportés par les coupeurs de bois s'il voulait rapporter beaucoup de fourrures. Déjà, il ne pensait plus en fonction de ses propres besoins, mais à la façon dont on lui avait dit et redit qu'il devait penser. «Il lui fallait beaucoup de fourrures afin d'obtenir nourriture et vêtements pour ses deux enfants.» Il lui fallait tuer toujours et encore pour se procurer le fusil, la poudre, le plomb, les pièges de métal et les couteaux à dépecer.

Il lui fallait de l'argent pour l'échanger contre ce dont il avait désormais besoin. Pourtant, ses ancêtres avaient bien vécu sans ces choses… Ainsi les temps changent et ne sont jamais plus les mêmes. Alors le Mendam se devait de faire comme les autres pour obtenir ce qu'ils possèdent. Mais cet alcool que ses frères recherchaient, il n'avait jamais voulu y goûter après avoir vu son oncle propre échanger sa femme contre une cruche de cette eau, et s'endormir après l'avoir vidée pour ne plus jamais se réveiller. «Non! Les nécessités j'accepte. Mais pas l'alcool. Les Amik-Ininis en ont déjà trop bu.»

Le chasseur se releva et, malgré le vent froid qui engourdissait ses doigts, malgré le vide qu'il ressentait depuis le départ d'Ikwe, malgré son hésitation à laisser ses fils au campement d'été de la Pointe-aux-Algonquins, il continua à répartir ses provisions entre les cinq wigwass-tchiman alignés sur la grève de la Kitiganisipi. ↳ canot décorse

La nuit était déjà là lorsqu'il termina de couvrir les quatre charges qu'il devrait traîner en remontant la rivière vers son territoire de trappe. Le gémissement plaintif de sa chienne blanche le fit se rendre compte que les chiens avaient faim et qu'il devait les nourrir.

Attachés à un arbre, les six animosh constituaient autant de gardiens redoutables contre ceux qui, ivres ou mal intentionnés, auraient envie de s'approprier ses canots remplis. Il se dirigea vers la rivière, tira de l'eau un filet flottant et se mit à cueillir les poissons blancs qui s'y étaient pris et à les lancer vers ses chiens qu'il nourrissait ainsi en dehors de la saison de chasse. Puis il étendit le filet sur des buissons afin de le laisser s'égoutter.

Content de sa journée de travail, il ramassa un énorme poisson qu'il avait gardé pour lui et le mit à rôtir sur les braises du feu mourant. Malgré la nuit, il sentait toujours les feuilles tomber abondamment des arbres et décida de se rendre au village des coupeurs de bois dès son repas terminé. Il avait besoin de plusieurs articles pour compléter ses préparatifs.

En arrivant au village, Minji-mendam eut envie de se rendre à l'hôtel où il savait que beaucoup de ses amis buvaient déjà l'alcool des bûcherons. Il eut envie, par curiosité, d'aller s'asseoir à une table pour observer ces gens qui prenaient plaisir à boire et qui, bien souvent, étaient par la suite incapables de marcher pour retourner à leur campement.

Il eut envie de revoir son ami Jos qui avait accepté de prêter sa force au propriétaire de l'hôtel pour mettre fin aux bagarres qui ne manquaient jamais d'éclater entre les Algonquins, les Français, les Irlandais et les Écossais, chaque samedi soir.

Pendant un moment, il eut envie de voir le spectacle de ces hommes qui perdaient toute dignité dès qu'ils entraient à cet endroit. Il ne voulait pas regretter de ne pas avoir fait comme eux. Mais il se ravisa et continua son chemin vers le magasin général de Jos Parent, juste en face de celui de Ian MacIntosh.

En montant l'escalier du magasin général, Minji-mendam essayait de s'imaginer ce qu'avait pu être ce village avant qu'on y coupe le premier arbre. Il chercha dans ses souvenirs d'enfant et dans les récits des grands-pères du campement de la Pointe les images que son peuple avait gardées de ce merveilleux pays de chasse et de pêche. Le temps d'un instant il revit, dans la pénombre automnale de ce début de soirée, des dizaines de chevreuils traverser les rues du village pour fuir les arbres qui tombaient tout autour d'eux.

Il revint à la réalité lorsqu'il entendit une voix l'interpeler du centre du chemin. Tiré de sa rêverie par cette voix nasillarde et grasse en même temps, il ne réagit pas tout de suite. Mais lorsque la voix insista, il descendit les marches et se dirigea vers celui qui l'avait interpelé.

L'homme parlait en français, langue que Minji-mendam comprenait bien, mais il avait un fort accent et le trappeur reconnut le marchand écossais, Ian MacIntosh. En levant les yeux, Minji-mendam vit que la lampe était éteinte dans le magasin de son interlocuteur et il comprit que lui aussi se rendait au débit de boisson.

— You… tu vas mieux, Mendam?

Comme la voix était désagréable, il ne répondit pas.

— Tu… plus malade? Tu vas payer ton dette?

Le chasseur ne comprit pas le sens de la dernière phrase et l'Écossais le vit bien. Pointant alors le châle de soie rouge accroché à la ceinture de Minji-mendam, il lui dit:

— Your femme y l'acheté ça quand tu malade avec des binnes pis d'la flour pis all other things too! Y pas payé pour ça!

Dans un geste machinal, Minji-mendam porta la main au châle de soie rouge ayant appartenu à Ikwe, comme s'il avait eu peur que le marchand le lui enlève. Ce châle de soie rouge ne le quittait plus. Le marchand remarqua le geste du trappeur et s'empressa s'ajouter:

— Pas peur, j'te l'ôte pas! Ben, y va falloir que tu m'les paies. T'as-tu d'l'argent?

Minji-mendam se mit à penser à toutes sortes de choses. Il savait que MacIntosh était reconnu comme un «sans scrupules» lorsque venait le temps de traiter. Il ignorait aussi que sa femme devait de l'argent à ce marchand. Tout ce qu'on lui avait remis après l'accident, c'était ce châle de soie rouge qu'il gardait précieusement. Il ne comprenait pas l'obligation qu'il avait de payer pour des marchandises qu'il n'avait pas reçues.

— Combien?

Le mot avait été lâché sèchement et presque avec colère. D'abord surpris, Minji-mendam devint froid et fermé. MacIntosh fit même un pas en arrière, tellement l'attitude de l'Algonquin changea brusquement.

— Ben, pas mal gros, mais j'ai pas le bill su moé. À peu près la moitié de ton trappe d'hiver. Pas besoin t'en faire. Dans printemps, j'te compterai un peau pour toé, un peau pour moé. O.K.?

Le regard du trappeur se durcit aussitôt. L'Écossais comprit qu'il contenait sa colère et se retenait pour ne pas lui cracher au visage. Avec une fierté presque arrogante, Minji-mendam lui lança:

— Minji-mendam est trappeur et libre. Il ne travaille pour personne d'autre que pour Minji-mendam. Au printemps, Mendam vendra ses fourrures et il te paiera. Au printemps, tu sauras combien Ikwe a acheté chez toi? Alors attends!

Et sans plus s'occuper de l'Écossais, il remonta l'escalier du magasin général de Jos Parent sans se presser.

MacIntosh fut surpris de l'assurance du trappeur algonquin. C'était la première fois qu'il avait affaire à un Indien qui montrait une telle assurance, mis à part le gros Jos qui travaillait au *Inn*. Il fut tellement saisi qu'il manqua de réagir et c'est en maugréant qu'il se dirigea vers le *Inn* retrouver ses compagnons de beuverie.

Imelda Parent, ~~de jos~~ l'épouse du marchand, époussetait les rebords de fenêtres lorsque Minji-mendam s'était arrêté dans l'escalier.

— Jos, un autre Indien su'l'perron. Y bloque l'entrée aux clients.

Commère dans l'âme, humiliée de n'être que la femme d'un marchand de village, rien ne lui échappait de ce qui se passait autour. Les commentaires qu'elle ne manquait jamais de faire sur tout et sur rien déformaient la plupart du temps la réalité des faits et des gens.

— Y'a t'i des clients qui veulent entrer dans l'magasin? demanda son époux négligemment, tout en continuant à peser des pois.

— Non, mais si y'en arrivait, y s'raient gênés de rentrer. Ah ben, ça parle au yable, Jos! MacIntosh vient de sortir de son magasin pis y commence à jaser avec l'Indien. C'est-tu rendu qu'y va venir chercher nos clients sur notre galerie, astheure! Fais quèque chose, Jos!

Lorsque Minji-mendam ouvrit la porte du magasin et que tinta la cloche d'entrée, Imelda se dirigea prestement vers le fond de la pièce en faisant semblant d'épousseter le dessus du comptoir. Mais elle écoutait tout et surveillait chacun des gestes du trappeur. Jos Parent étalait la série de nouveaux pièges reçus de la compagnie de la Baie d'Hudson et l'Amik-Inini les tâtait, les soupesait et mettait de côté ceux dont il croyait avoir besoin. Puis, sortant quelques billets de banque de sa poche, il les déposa sur le comptoir en demandant :

— Y en a-t-il assez ?

Le marchand compta l'argent et répondit :

— Y manque un écu, mais c'est pas grave. Tu me le remettras au printemps.

Sans aucune forme de remerciement, l'Algonquin sortit du magasin avec un sac de farine sur l'épaule et les pièges dans la main et disparut dans la nuit. Imelda ne manqua pas de maugréer contre ce manque de savoir-vivre du « Sauvage », comme elle nommait ceux qu'elle jugeait moins sympathiques que les autres.

Sans porter attention aux commentaires de sa femme, Jos se remit à peser des petits pois secs.

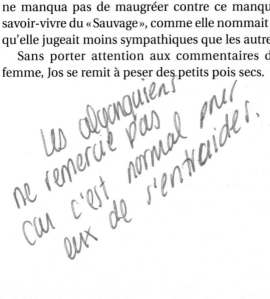

Les algonquiens ne remercie pas car c'est normal pour eux de s'entraider.

2.3

Il faisait froid ce soir-là.

Les yeux fixés au plafond de sa cabane, Minji-mendam passait en revue ses préparatifs et ses obligations :
la farine bien calée au fond du canot, les pièges bien
frottés, les peaux bien tirées et ficelées, les chiens bien
nourris et tous attachés à une seule corde, les enfants
sous la protection d'Ajijiwa et de Tanis, les haches et
les couteaux bien aiguisés, le couteau croche bien
trempé, les herbes médicinales bien enveloppées, les
trois paires de makissins bien huilés, un écu qu'il
devait à Jos Parent et une demi-saison de trappage à
faire pour payer des marchandises qu'il n'avait jamais
eues.

Il faisait très froid ce soir-là et Minji-mendam,
anxieux, étendu sur son grabat de peau d'orignal,
cherchait le sommeil. Mais les pensées qui tourbillon-
naient dans sa tête l'empêchaient de s'abandonner.
Comment ce MacIntosh avait-il pu penser que lui,
Mendam, l'homme libre, accepterait de nouer son
destin à un étranger ? Jamais il n'accepterait de servir
un profiteur qui ne savait même pas tendre un collet
à lièvre. Il paierait ce qu'Ikwe avait acheté, même s'il

n'avait que le foulard de soie rouge comme preuve de ses achats.

En pensant à la belle Ikwe, il se remit à rêver du passé. Il entendit à nouveau sa compagne fredonner l'Air des Retrouvailles et s'endormit dans le souvenir de sa voix.

Le bruit était assourdissant dans cette salle basse du petit hôtel et la fumée dense des fumeurs de pipes formait un brouillard insupportable pour tout nouvel arrivant. Mais les buveurs réguliers, qui se réunissaient chaque fois que l'occasion se présentait, ne semblaient nullement incommodés: l'alcool et le tabac allaient bien ensemble.

Au milieu de cette masse grouillante et volubile, un homme circulait avec des bouteilles et des verres sans faire comme les autres. C'était le serveur, le barman, qui pouvait devenir homme de bras et agent pacificateur lorsque l'alcool échauffait trop les esprits. Il accomplissait son travail sans joie et sans le sourire traditionnel du serveur. Les anglophones le craignaient, les francophones le respectaient, mais les Amik-Ininis l'aimaient bien car c'était un des leurs.

Dans cette salle, les tables alignées le long du mur étaient réservées aux Indiens, avec ici et là un Canadien français assis parmi eux. Les tables immédiatement adjacentes appartenaient aux francophones, qui voyaient de temps à autre un Amik-Inini s'y asseoir avec quelques amis de beuverie. Le centre du plancher était entièrement occupé par les tables des anglophones, rois commerçants de la région et pourvoyeurs des argents nécessaires à l'exploitation de la forêt. Personne n'osait leur contester la place centrale, car tous étaient obligés envers ces employeurs. S'interposer entre leurs pouvoirs patronaux et leur personne signifiait perdre son emploi ou ne jamais en obtenir.

Ce soir-là, pourtant, un Indien avait osé lancer une mauvaise plaisanterie vers le centre de la salle à l'effet que l'air devenait de moins en moins respirable et que cela sentait le *boss*. Prestement, le grand John Ireland, homme de main du marchand MacIntosh, s'était levé en se dirigeant vers l'intrus. Un coup de poing en pleine figure avait projeté l'Indien au plancher. Une table et quelques chaises avaient été renversées.

Les autres Indiens présents s'étaient levés en menaçant le boxeur. Le barman Jos, que tous appelaient Ti-Cœur, se plaça devant l'Irlandais en le repoussant vers sa table.

— Frappe pus jamais personne ici-dedans, O.K.?

Et devant la résistance silencieuse de Ireland qui semblait vouloir retourner vers l'Indien que ses amis relevaient, Jos dit Ti-Cœur l'empoigna par sa culotte et sa chemise de laine et le souleva de terre pour le déposer près de la table des *boss* en le forçant à se rasseoir.

— Quand Jos dit assez, c'est assez! Compris?

S'époussetant comme si le barman l'avait sali, John Ireland se rassit en maugréant en anglais.

— Dam savage. I'll teach him a lesson.

Jos était déjà rendu à la table suivante et n'entendit point l'insulte indirecte que l'Irlandais lançait à ceux de sa race. Dans tout ce brouhaha, pas un seul autre anglophone ne s'était levé : l'incident n'irait pas plus loin que l'affrontement entre le boxeur et l'Indien.

Pourtant, jamais la bataille n'était venue si près d'éclater. Jamais auparavant un Indien n'avait osé adresser la parole à un *boss*. Jamais non plus n'avait-on vu un clan complet se lever, prêt à défendre un compatriote à la suite d'une altercation privée.

La table du marchand général était occupée par cinq autres hommes. En plus du boxeur Ireland, il y avait Jim McManamy, contracteur forestier employant une cinquantaine d'hommes et qui devait sa survivance commerciale à son bailleur de fonds, MacIntosh, Paul Francis, un des employés du contracteur, Charles McCartney, le cordonnier du village, et Stewart MacIntire, maréchal-ferrant et transporteur de paye pour McManamy.

À six, ils savaient boire, gueuler et en imposer à tous. MacIntyre, quarante ans, gueulard et batailleur, ne se promenait qu'armé d'un long crochet de fer qu'il avait forgé lui-même. Grand et fort, il criait à qui voulait l'entendre que rien ni personne ne lui faisaient peur. Il n'avait pas de famille et ne frayait qu'avec ses cinq compagnons de beuverie. Il habitait à l'hôtel même où il buvait et on ne lui posait jamais de questions.

Paul Francis, le plus jeune des six, était grand et mince. Très nerveux, il était considéré comme peureux par ses amis. Il tentait toutefois de cacher sa faiblesse par des bravades soudaines et imprévisibles. Célibataire, il demeurait seul dans une petite maison de pièces au centre du village.

Le cordonnier Charles McCartney était un homme simple mais ivrogne comme pas un, qui ne savait rien refuser à sa femme. Près de la cinquantaine, il savait coudre à merveille les souliers de bœuf et clouer comme pas un les semelles des bottines des travailleurs.

Quant à McManamy, il ne songeait qu'à faire de l'argent et penchait toujours beaucoup plus vers son intérêt que vers son sentiment. Ses travailleurs provenaient des trois groupes ethniques vivant au village.

Pendant que les six hommes discutaient ferme, Bert Côté s'avança vers leur table en titubant. Arrivé à la hauteur du boxeur Ireland, il lui mit la main sur l'épaule.

— Un grand champion.

Ireland sursauta et voulut se lever. MacIntosh l'en empêcha.

— It is just Bert Côté, the drunkard.

— Ben voyons donc, le grand champion aurait'y peur du baquet à Côté? enchaîna l'ivrogne du village.

Puis il enleva sa casquette et salua le marchand général comme un courtisan.

— Monsieur MacIntosh, je vous salue en français, pis in *Inglish,* pis en couleurs de l'arc-en-ciel.

À ce moment Paul Francis se leva, menaçant, pour faire peur à Bert. Mais Jos, qui passait près de lui, posa une main sur son épaule.

— Jos a dit : pas de bataille.

Puis il s'adressa à Bert.

— Bert, c'est l'heure de rester tranquille. Va t'asseoir.

L'ivrogne se dirigea à reculons vers la rangée des tables occupées par les Canayens en maugréant.

— Cher mossieu McManamy, j'vous avais pas vu. Pardon, mais vous sentez pas assez l'argent pour que j'soye attiré par vot'personne.

Et les anglophones firent semblant de n'avoir pas compris l'insulte d'un ivrogne qui boit pour se donner le courage de faire ce qu'il n'ose à jeun.

Au beau milieu de tous ces événements, Ti-Trou se berçait tranquillement, conversant avec des personnages imaginaires et se racontant des histoires qu'il trouvait très drôles. Les discussions, les disputes, les batailles, rien ne venait briser sa concentration : il était dans son monde.

On avait posé à son intention un grand verre de lait sur une petite étagère près de la fournaise. Pourtant Ti-Trou ne semblait pas y avoir goûté. Ce verre servait de prétexte pour être accepté à l'Auberge et il savait s'en servir. Mais il ne consommait jamais.

L'alcool aidant, les esprits se réchauffaient. À leur table, les *boss* s'amusaient à évaluer la reconnaissance des travailleurs et des trappeurs qu'ils avaient aidés à un moment ou un autre. McManamy parlait du saoulon qu'était Bert Côté en évoquant le temps qu'il avait été à son service.

— He was always mixed up with some kind of problems and never could be on time for the pay day. I was told he once was a catholic priest and was always late for the mass. I think he started to drink the mass wine in those days.

Toute la tablée éclata d'un rire gras que les voix des autres buveurs couvrirent sans peine. McManamy continua :

— And I was always advancing him some money for him to pay his debts. Today, he is blaming me because he's become a drunken bum without a job.

MacIntosh enchaîna à son tour.

— French, Indians or even Irish and Scots, they're all the same. You help them and they have no respect for you. They never remember the good things you've made for them.

Les autres acquiesçaient :

— You take that trapper Mendam, the day his wife got killed by that log load that fall on her, she had brought a tobogan full of food and supplies at the store. She had no money, so I gave her credit because the guy was sick. Well, now, he doesn't want to pay me back. I offered him to trap half and half this winter and he refused, saying he'd pay me next spring with money. It means that he won't even sell me his pelts. Is that enough?

Indignés ou feignant de l'être, les cinq hommes l'approuvèrent en échappant quelques injures. Le boxeur Ireland voulait qu'on lui donne une bonne leçon. Il ajouta même que « si les Indiens se mettaient à pousser l'arrogance jusqu'à devenir complètement indépendants des habitants du village, les troubles ne manqueraient pas d'éclater au sein d'une population paisible ». À quoi le jeune Paul Francis rétorqua :

— Don't you think they have the right to be independent? We are all living on their land and they don't mind.

— They do mind, but they need us more than we need them, enchaîna le cordonnier McCartney, instead of making mocassins, they are now sometime buying them from me.

— I don't give a shit about this land being theirs before. They never did anything with it and we had to develop it for them to benefit from it. I think we've got to teach this guy a lesson. Ireland is right, a licking would make him understand that when you buy, you have to pay for.

Mais le jeune Francis n'était pas d'accord; il avança d'autres arguments qui ne firent qu'envenimer les choses. Ses cinq compagnons étaient bien décidés: ils donneraient une bonne frousse à l'Algonquin. Ils se levèrent tous, sauf Francis, et Ireland lui cria presque:

— Dam chicken, are you going to pee in your pants? Aren't you man enough to do something at least once in your life?

McManamy le décida tout à fait:

— If you drop us now, you'll have to find another job! You understand?

Subjugué, Paul Francis se leva pour suivre ses compagnons.

— Let's go, dit McCartney. I know where he stays. His shack is near the Desert river.

Les six hommes mirent leurs casquettes, leurs vestes et sortirent dans la nuit. Paul Francis fermait la marche en maudissant intérieurement sa lâcheté: il n'avait pu refuser de suivre comme un jeune chiot mal entraîné et la laisse lui faisait mal.

Il faisait froid ce soir-là.

Il faisait froid aussi dans la cabane du trappeur et son sommeil était agité. Malgré le rêve qui le ramenait vers le temps heureux, malgré l'Air des Retrouvailles que chantait Ikwe dans sa tête, malgré l'assurance du bien-être de ses enfants, il se réveillait souvent. Était-ce le froid? Était-ce son obsession amoureuse du passé toujours présent? Quelque chose d'indéfinissable, une sorte d'angoisse imprécise le tirait fréquemment de son sommeil. Puis il s'assoupissait à nouveau et se réveillait aussitôt. La nuit serait longue, le jour n'était pas près de se lever pour lui.

Dans cet état de demi-conscience, il crut percevoir des pas et quelques murmures de voix inconnues. Il ne comprit pas les paroles prononcées. Il faisait froid dans la cabane et cela l'empêchait de dormir; son imagination lui jouait peut-être des tours et lui faisait entendre des bruits imaginaires.

Il fit un effort pour ne pas ouvrir les yeux et retrouver le sommeil. Soudain un bruit énorme le fit se jeter au bas de sa couche, prêt à faire face à un danger qu'il sentait tout près de lui. Il n'avait pas rêvé: les voix, les pas étaient réels. Les yeux du dormeur, surpris par la noirceur, distinguaient avec peine les silhouettes qui l'entouraient. Il n'osa pas bouger : qui donc pénétrait ainsi dans sa demeure, et pourquoi? Puis une voix nasillarde et désagréable se fit entendre. Cette voix, il la reconnut.

— Tu pas vouloir payer ton dette, ben tu vas payer pareil. You can be sure of that, mon ami.

D'instinct, il voulait se défendre, mais il n'arrivait pas à voir le couteau de chasse posé sur la table, près de la porte. Deux pas seulement le séparaient de cette table, mais trois, quatre, cinq hommes étaient prêts à l'en empêcher.

Il vit une sixième silhouette se dessiner dans l'embrasure de la porte. Celui qui entrait lentement, comme s'il avait peur de quelque chose, était grand et mince. Minji-mendam le vit tendre le bras vers le mur au-dessus de la table et il comprit qu'il venait de décrocher la hache. Il décida alors de foncer vers la table pour se saisir du couteau.

Bousculant l'homme à la voix désagréable, il bondit, tendit le bras et s'empara du couteau. Mais en même temps, une douleur atroce s'empara de tout son corps et lui tordit le cœur : il vit alors en un éclair sa main droite et une partie de son poignet sur la table et comprit qu'elle avait été coupée. Il saisit instinctivement son bras ensanglanté comme pour arrêter le sang qui en pissait. Il y eut un court moment de grand silence, où tout le monde comprit le drame qui venait de se jouer.

Paul Francis était bien celui qui était entré le dernier. Il avait saisi la hache bien en évidence au mur près de la porte et, en voyant Mendam sauter sur son couteau, dans un geste instinctif, il avait frappé au hasard. Horrifié, il laissa tomber l'arme par terre. Les cinq autres hommes, tout aussi stupéfaits demeuraient là, paralysés, regardant cet homme qui se tenait le bras en fixant Francis, l'air de dire : « Pourquoi m'as-tu fait ça ? Pourquoi ? Pourquoi ? »

Soudainement, Minji-mendam s'empara de la main coupée et fonça sur Paul Francis qui tomba à la renverse, il sauta par-dessus lui et se dirigea à toutes jambes vers la rivière.

Il put tout de même entendre une voix dire :

— Let's get out of here, come on.

Minji-mendam ne s'arrêta qu'une fois rendu près de ses six chiens qu'il détacha en tirant sur l'unique câble qui les retenait à l'arbre. Il n'eut pas besoin de leur donner d'ordre, les six bêtes avaient flairé l'odeur des étrangers et s'élançaient déjà sur leurs traces.

Minji-mendam les entendit grogner en se jetant sur les intrus. Ces salauds qui venaient de lui couper le bras ne s'en sortiraient pas sans quelques morsures. En laissant les chiens s'occuper d'eux, il jeta la main coupée dans le fond du canot vide et s'empressa de détacher la corde qui le reliait aux autres. Puis il déchira une partie de la chemise de laine qu'il portait et se fit un tourniquet pour juguler la perte de sang. Il éprouva quelques difficultés et dut se servir de sa bouche comme second bras pour attacher solidement le tourniquet et arrêter l'hémorragie. Poussant le canot à l'eau, il entreprit ensuite la descente de la rivière Désert, tourna vers le sud dans la Gatineau et descendit le courant en s'efforçant de gouverner avec la main du cœur.

Il n'avait qu'une pensée : survivre.

Il sentait le canot se dérober sous lui et la tête lui tournait. Il entendit quelques aboiements : ses chiens le suivaient sur la rive. Il perdit presque conscience, mais fit un grand effort et résista à la tentation de s'abandonner. Il ressentait peu de douleur dans son bras, si ce n'est quelques coups semblables à des épines à la hauteur de l'estomac. Mais ses forces l'abandonnaient peu à peu.

Au loin, il vit la lueur d'un feu de camp. Il se dirigea vers la rive avant d'arriver aux rapides. En accostant, il aperçut ses chiens. Une ombre se détacha du feu pour venir tirer son canot hors de l'eau. Il se leva de lui-même, débarqua et regarda le vieil homme venu l'aider. Il esquissa un semblant de sourire et s'écroula, au bout de ses forces.

Le vieillard traîna Minji-mendam jusqu'à son wig-whom et l'étendit sur la couche de fourrure, près du feu central. Il approcha un flambeau au-dessus de la figure du trappeur, le planta dans un anneau de babiche suspendu à cet effet, et se mit à défaire le nœud du tourniquet plein de sang. Puis le médecin des plantes, qu'on appelait aussi Sorcier, tira un sac d'herbes de toutes sortes et se mit à en faire une sélection.

Il ne se pressait pas. Il savait parfaitement ce qu'il fallait faire, mais il ne devait pas se tromper. Il fit une décoction dans un récipient d'écorce de bouleau ; la pâte ainsi obtenue fut étendue sur un bandage et le cataplasme fut placé sur la blessure sanglante.

L'Amik-Inini eut quelques soubresauts et le vieil homme lui fit boire une tisane qui le calma en quelques minutes. Il s'assit alors près du feu, bourra puis alluma sa pipe et, les yeux fixés sur le malade, il entreprit la veillée du blessé qu'il avait vu naître et grandir.

Toute la nuit et sans jamais fermer l'œil, il veilla sur cet enfant de la forêt. Toute la nuit et sans jamais cesser de fumer, il surveilla le moindre mouvement, le plus petit sourcillement de celui qui ne s'était pas encore consolé d'avoir perdu son contraire.

Au matin, il se leva, se dirigea vers le canot protégé par les chiens du trappeur et ramassa la main coupée. Il la nettoya dans l'eau de la rivière et vint la suspendre au trépied du feu extérieur du wig-whom. Les chiens n'avaient pas touché à cette pièce de chair humaine, car c'était la main du maître. Le Sorcier revint à l'intérieur de l'habitation d'écorce, jeta un coup d'œil au blessé étendu près du feu et, constatant qu'il reposait paisiblement, s'étendit de l'autre côté du feu, s'abria d'une peau d'orignal et s'endormit.

Les jours passaient et les nuits duraient.

Longues, longues étaient les nuits.

Le vieux Mashkiki-winini, que les anciens appelaient toujours Ni-ganadjimowinini à cause de ce don de voir dans l'avenir, n'avait pas ménagé ses efforts pour soigner le blessé. Il y avait maintenant autant de jours que les mains ont de doigts que Minji-mendam avait sombré dans le monde des rêves. Il faisait de brefs retours vers la réalité en appelant Ikwe. Le vieil homme lui faisait alors boire sa tisane et le forçait à prendre de la nourriture solide.

La neige recouvrait maintenant le sol et le froid s'emparait des nuits. Les rêves avaient envahi l'esprit de Minji-mendam et la bonté habitait toujours le cœur de l'aîné des Amik-Ininis. Ses chiens, amis fidèles, attendaient. Le vent soufflait maintenant du froid.

Le dimanche matin, tous les habitants du village des coupeurs de bois se retrouvaient à la messe. Français, Irlandais catholiques, Écossais et Algonquins venaient assister à l'office dominical célébré par le père missionnaire affecté à la mission indienne de Manito-Akki, la Terre des Esprits.

À l'avant de la première chapelle on retrouvait Jos Parent, le marchand francophone, et son épouse vêtue de façon on ne peut plus extravagante. Comme elle était courte et grosse, commère et prétentieuse, il lui fallait donc la première place, bien à la vue du célébrant et des autres fidèles. Jos était mal à l'aise dans son costume de noces, devenu trop petit avec les années.

Le barman de l'auberge, Jos dit Ti-Cœur, était assis avec tous les Indiens pratiquants, dans la section spécialement réservée aux «Sauvages de la mission». Il était accompagné de sa femme et de ses quatre enfants qui ne cessaient de bouger. Comme tous les Amik-Ininis, il n'allait nulle part sans être accompagné de sa famille. Toutes les familles indiennes présentes étaient complètes.

Ajijiwa et Tanis, les beaux-parents de Minji-men-dam, étaient là aussi avec les deux enfants du trappeur et de leur fille défunte. Sérieux, Ogimah ne cessait de réprimander son jeune frère Kakons qui s'amusait à tirer la langue à sa jeune voisine sans trop s'occuper de la cérémonie, à laquelle il ne comprenait rien.

Dans la section «blanche» derrière les Parent se trouvaient les autres gens bien du village. Bert Côté et son ami Ti-Trou faisaient pourtant contraste avec l'entourage. Leurs vêtements étaient malpropres et déguenillés, et Bert empestait l'alcool qu'il venait sans doute de boire juste avant la messe.

Le groupe des anglophones fermait la parade. Mais ce matin-là, ce groupe était décoré de bandages multiples. Le jeune Paul Francis marchait avec peine. Il avait une blessure à une jambe, une entaille assez profonde faite par une hache déviée sur le crâne d'un chien. Ian MacIntosh demeurait debout dans le dernier banc, incapable de s'asseoir: une morsure de chien lui avait estropié l'arrière-train. Jim McManamy avait des bandages aux deux mains et son chapelet était accroché à son poignet droit. Charles McCartney avait un bras en écharpe et Stewart MacIntire portait un pantalon déchiré à la hauteur de la cuisse gauche.

Pendant que les gens baissaient la tête à l'élévation des saintes espèces, Bert Côté sortit son flasque de cari-bou et prit quelques gorgées. Mais, au même moment, Ti-Trou éternuait de si bruyante façon que tous les fidèles se tournèrent vers lui et surprirent Bert en train de boire. Le pauvre ivrogne, pourtant habitué aux insultes, rougit d'avoir été pris en flagrant délit de boisson dans l'église. C'était un peu comme s'il avait été pris par Dieu lui-même et il en eut profondément honte. Il remit vite le flacon dans sa poche et baissa la tête, humilié. Il jura de ne plus jamais boire.

À la sortie de la messe, sur le perron de l'église, les gens se massèrent autour des blessés afin de savoir ce qui s'était passé. Tous racontèrent la même histoire. Ils étaient allés rendre visite à Minji-mendam dans le but de lui offrir une affaire et celui-ci avait lâché ses chiens sur eux. Ils avaient dû se défendre et contre les chiens et contre l'Indien qui les menaçait à l'aide d'une hache. On lui avait enlevé la hache et, dans la bataille, le trappeur avait été frappé et s'était sauvé dans les bois en saignant abondamment.

La population du petit village fut stupéfaite. Les Indiens n'en croyaient pas leurs oreilles. Les Français furent surpris. Jamais personne n'avait vu le Mendam prendre un verre de boisson. Serait-il soudainement devenu fou? Ajijiwa et Tanis, à qui Jos venait de rapporter ce que les gens racontaient, refusèrent de croire cette histoire. Ajijiwa connaissait Minji-mendam depuis sa naissance et lui avait donné sa fille comme compagne.

Même si les opinions étaient partagées sur les raisons qui avaient fait agir ainsi le paisible trappeur, il n'en était pas moins blâmé pour sa conduite. Même Bert Côté, qui aurait dû rire dans sa barbe de voir les *boss* aussi «maganés», n'en avait pas envie: il était bien trop gêné d'avoir été pris à boire pendant l'office dominical pour poser ses questions tout haut. Les conversations s'étirèrent jusqu'aux deux magasins généraux du village. Même après la nuit tombée, à la lueur des lampes à l'huile, on discuta ferme de l'affaire du Mendam et des Anglais mordus par ses chiens.

Puis la nuit vint, noire et froide comme toutes les nuits de l'automne. C'était le mois des morts, et l'on pria un peu plus qu'à l'habitude ce soir-là.

Les jours passèrent et la neige tomba. La froidure s'installa pour l'hiver et les habitants du village des coupeurs de bois s'emmitoufflèrent, comme chaque année depuis l'arrivée des premiers colons.

Enfin, Minji-mendam ouvrit les yeux.

Il regarda autour de lui et reconnut l'intérieur d'un wig-whom d'écorce de bouleau avec, en son centre, le trou laissé pour que la fumée du feu central puisse s'en échapper. Il n'avait pas froid.

Il se demanda pourquoi il était ainsi couché. Il eut peine à se rappeler les événements qui l'avaient conduit hors de son monde habituel. Il ne sut pas immédiatement où il se trouvait et voulut se tourner mais, en s'appuyant sur son coude pour se lever, il ressentit une vive douleur et retomba sur sa couche. Il souleva alors son bras à la hauteur de son visage et comprit qu'il n'avait plus de main. Il ferma les yeux un instant.

Il se souvint de son éveil soudain en pleine nuit, du jappement des chiens. Il entendit de nouveau les voix des hommes qui parlaient dans cette langue qu'il ne comprenait pas. Il revit sa main sur la table et le couteau qui y était resté. Il revit la silhouette longue et mince de l'homme qui avait décroché la hache du mur de la cabane.

Minji-mendam rouvrit les yeux. Cette fois, il regarda longuement sa plaie qui était déjà à demi cicatrisée :

un affreux moignon de sang coagulé recouvert d'une croûte qui séchait peu à peu. La blessure était propre et l'amputation avait été nette, faite d'un coup très droit. Il remarqua que la peau avait été un peu tirée par-dessus la blessure sans en rejoindre tout à fait le centre.

Les yeux maintenant grands ouverts, il regarda sa main jadis si habile à manier la hache, le couteau et à tirer le fusil à baguette. Sa main jadis si utile pour ouvrir le piège dans lequel un animal s'est pris. Minji-mendam pouvait à peine y croire : son bras était désormais sans main. Il demeura longtemps couché à regarder cette nouvelle forme de son meilleur bras. Bien sûr, il lui restait la main du cœur, mais serait-elle aussi efficace que celle qu'il avait perdue ?

D'un coup de reins, il se mit sur ses pieds mais retomba aussitôt à la renverse. Il souleva alors une jambe, puis l'autre, pour s'assurer qu'elles étaient bien là, et tenta à nouveau de se lever. Ainsi affaibli, il se sentait comme le petit de l'orignal qui cherche à se tenir sur ses frêles pattes dès qu'il est né. Après quelques efforts, il y parvint et se dirigea vers l'ouverture du wig-whom. Il ouvrit le battant et fut aveuglé par la blancheur de la neige et la clarté éblouissante du soleil. Il eut un frisson, se retourna, cherchant des yeux un vêtement dont il aurait pu se couvrir. Comme il ne vit rien, il rabattit la toile de marine qui servait de battant d'ouverture à l'habitation et se laissa tomber sur sa couche, à nouveau épuisé. Sa blessure lui faisait mal. Un mal lancinant et régulier. Il remit quelques morceaux de bois sec dans le feu et prit une pièce de viande séchée qui pendait à une partie du trépied servant de séchoir au-dessus du feu central. Il avait faim et cela était bon signe. Il n'était plus malade et devait refaire ses forces. Il étendit le bras du cœur, saisit le petit chaudron servant à faire le thé et le suspendit au-dessus du feu.

Minji-mendam fut surpris de ne point entendre ses chiens. Pourtant, lorsqu'il avait ouvert le battant, il avait vu leurs traces dans la neige. Ils ne devaient pas être loin. Après avoir bien mangé et s'être réchauffé du thé des Blancs que les siens appelaient Anibish-wabo, il s'étendit, se couvrit de la peau d'orignal qu'il avait sur lui en s'éveillant et referma les yeux.

Lorsqu'il les ouvrit à nouveau, Mashkiki-winini était assis de l'autre côté du feu et fumait calmement sa pipe d'érable.

— Kwe : Combien de soleils ai-je été endormi ?

Le vieil homme montrait ses deux mains plus deux doigts. Le trappeur hocha légèrement la tête et s'assit droit en face du feu et du Niganadjimowinini. Il le regarda droit dans les yeux et dit à celui qui avait pris soin de lui :

— Migwetch.

Le sorcier des plantes sourit légèrement. Rares étaient les Amik-Ininis qui remerciaient. Cela n'appartenait pas aux habitudes de la race. Cette façon de faire était venue avec les Français et cela faisait sourire le vieil homme chaque fois qu'un des siens employait cette formule de politesse qui, généralement, ne voulait rien dire. À l'image de ceux qui avaient vécu avant eux, les deux hommes demeurèrent longtemps sans parler. Ils surent résister à l'envie de poser des questions et attendirent mutuellement que l'autre soit prêt à raconter. Le vieil homme parla le premier.

— Tes chiens m'ont aidé à traîner les canots jus-qu'ici. La neige était assez épaisse. L'écorce d'un des canots s'est déchirée sur une pierre. Il faudra le réparer au printemps. Comme je suis vieux, il m'a fallu quatre soleils pour tout transporter.

Ces paroles furent prononcées avec la lenteur des gens de son âge, entrecoupées de longs silences pendant lesquels il tirait la fumée de sa pipe. Il poursuivit.

— J'ai transporté toutes tes affaires. Au village des coupeurs de bois, on dit que tu es devenu fou et que tu as attaqué les *boss* à coups de hache.

Puis le silence se fit de nouveau. Le Mendam leva lentement les yeux et regarda le vieil homme. Lentement il étendit le bras coupé vers le feu :

— Et je me suis coupé avec le taillant…

Il baissa le bras et les yeux.

— Quand le soleil brillera de nouveau, je sortirai pour endurcir ma peau au froid de la saison. Je devrai aussi apprendre à utiliser la main du cœur pour manier la hache et le couteau, ainsi que pour charger et tirer le fusil. Il faudra que je me serve d'une branche de frêne pour ouvrir mes pièges. Ce sera long. Pourras-tu trouver assez de nourriture pour deux, vieil homme ?

Le Niganadjimowinini, lui qui connaissait les lendemains des gens et des choses, sourit. Il avait donné sa réponse.

Sans en dire davantage, le trappeur à la main coupée s'étendit sur sa couche et se couvrit de la peau d'orignal. Il ferma les yeux et s'endormit aussitôt. Le vieil homme mit une bûche de bouleau dans les braises chaudes du feu central, mit son makinaw et sortit du wig-whom. Il contourna l'habitation, sortit son couteau et coupa le lien qui retenait une carcasse gelée de castor à la branche d'un arbre. Il la mit par terre, prit une hache et s'en servit pour faire plusieurs morceaux qu'il jeta aux chiens affamés.

Il se dirigea ensuite vers l'avant du wig-whom et se pencha près de l'endroit où le feu extérieur brûlait généralement. Avec son couteau, il coupa la lanière de cuir qui retenait la main du Minji-mendam maintenant séchée et gelée. Il la ramassa dans la neige et entra.

La pâleur de l'aube apparaissait lentement vers la barre du jour et les chiens, silencieux pendant la nuit froide du « mois du froid », s'étiraient et bâillaient en secouant la fine neige de la nuit qui s'était déposée sur leur pelage.

Le trappeur au bras coupé souleva d'un coup le battant du wig-whom et sortit. Le lever de soleil était lent et incertain. Des cinq chiens qu'il avait avant cette nuit d'horreur qu'il n'oublierait jamais, il n'en restait que quatre. Un des deux nabessims qu'il avait élevés manquait. Ses agresseurs avaient sans doute mis fin à ses jours de la même façon qu'ils avaient coupé sa meilleure main. Il lui restait tout de même un nabessim et trois nojessims. Quatre animosh pour tirer un tabashish. Il lui faudrait à l'avenir mettre de moins grosses charges. Mais pourrait-il seulement charger un traîneau avec sa seule main gauche ?

Il sourit et les chiens comprirent que le maître était mieux. Il s'assit dans la neige et se mit à caresser les bêtes une après l'autre en s'attardant sur sa nojessim favorite. Elle était de la couleur de la neige et n'avait qu'une tache de nuit sur un œil. Elle était sa préférée et la plus fidèle des cinq animosh. Agée de près des doigts des deux mains d'un homme, elle servait de chien de tête lors des longues randonnées.

Lorsque le jour fut plus complètement levé, l'époux de la belle Ikwe repéra ses canots dissimulés dans un petit bois d'épinettes blanches. Il se dirigea vers le plus petit et coupa la corde qui retenait la charge. Il se pencha dans la pince et attrapa une hache à manche court. Il la soupesa longuement, la fit tourner autour de sa tête comme s'il combattait plusieurs ennemis à la fois, et se dirigea vers un boisé et se mit à abattre un jeune tremble.

Le chasseur Amik-Inini manquait visiblement d'adresse de ce bras, il échappa même l'arme à quelques reprises. Mais il réussit tant bien que mal à ébrancher ce jeune arbre gelé. À l'aide de son bras coupé et replié, il tenait la longue tige et, agenouillé, il se mit en frais d'en aiguiser un bout. Il avait chaud et la sueur coulait de son front. Mais plus il avait chaud et plus il y mettait d'ardeur. Il abattit ensuite une épinette de la même façon et refit le même manège. À quelques reprises il se leva, visa un arbre debout à plusieurs pas de lui et lança la hache à manche court. Chaque fois, il rata son but et dut ramasser l'outil dans la neige.

Pendant des heures et des heures, il refit les mêmes exercices pour retrouver l'adresse et l'équilibre perdus en même temps que sa main. Pendant des jours et des jours, il refit les mêmes gestes, afin de retrouver l'homme qu'il avait jadis été. Les lunes passaient et les exercices d'apprentissage recommençaient. De la hache il passa au couteau, puis au couteau croche, et enfin au fusil à baguette à chargement par la gueule.

Il s'entraîna à la fabrication d'objets utilitaires tels des cuillères de bois, des louches à boire, des raquettes à neige. Il réapprit à tresser le fond des agims et à tailler la babiche. Il n'abandonnait ces exercices que lorsque son bras coupé s'engourdissait de froid. Comme son bras resta très longtemps sensible, il devait prendre certaines précautions pour ne pas le voir s'infecter.

Souvent, découragé, il abandonnait les outils ou les lançait avec rage et entrait dans l'habitation du vieux Mashkiki-winini, qui respectait par son silence et sa discrétion l'état d'esprit de l'homme qui devait apprendre comme s'il n'avait jamais su. Chaque jour, le Niganadjimowinini sortait relever les pièges tendus la veille et revenait avec le gibier nécessaire à la subsistance des Amik-Ininis et des animosh. Le soir, près du feu central du wig-whom, le Bras Coupé aidait le vieil homme à écorcher les bêtes capturées.

Il apprenait comme jadis, quand il était enfant. Chaque fois qu'il se décourageait de ne pouvoir réussir aussi bien qu'autrefois, le chasseur maudissait les hommes qui, en lui coupant la main, lui avaient enlevé son moyen de subsistance.

Chaque arbre de la forêt devenait pour lui un ennemi de plus à détruire. Lorsqu'il recommençait à lancer sa hache, il le faisait comme s'il se vengeait sur un des responsables de son malheur. Il entendait les voix, revoyait les ombres des Anglais et s'imaginait le visage apeuré du marchand général MacIntosh le suppliant de ne point lui faire de mal. MacIntosh était le seul homme qu'il avait reconnu. Mais il y avait cette silhouette longue et fine qui avait saisi la hache au mur et qui avait coupé son bras. Cette silhouette, il ne l'oublierait jamais et saurait la reconnaître.

Ni l'image d'Ikwe, la belle, la douce Ikwe qui chantait l'Air des Retrouvailles, la belle Ikwe qu'il ne prendrait jamais plus dans ses bras mais avec qui il vivait toujours. Il n'oublierait jamais. Ni leurs deux fils qui devaient devenir des hommes. Il fallait vivre pour eux. Il fallait venger cette période stérile de l'apprentissage, cette longue absence, cette impossibilité de vivre avec eux. Faire payer ces lâches qui s'étaient mis à plusieurs pour le blesser sans raison. Blessure d'amour-propre et d'orgueil autant que physique. Se venger, oui, mais autrement. À la façon du chasseur. Sans l'aide de personne. Oui, il agirait seul. N'était-il pas le maître de la forêt? Qui mieux que lui pouvait faire corps aussi parfaitement avec la nature? Il fallait qu'il le prouve. Et il recommençait à travailler du couteau et de la hache, et à tirer du fusil, et à écorcher des animaux à fourrure.

Le vieil homme le regardait vivre, mais dans ses yeux on pouvait lire sa crainte pour le chasseur. Ce vieux Niganadjimowinini pouvait connaître demain et se rappelait encore hier.

Le Minji-mendam redoublait d'efforts, fortifiant son désir de vengeance en même temps que son envie de voir revivre la belle Ikwe et d'entendre sa voix lui chanter l'Air des Retrouvailles. Il redoublait d'ardeur en aiguisant son désir de vengeance.

Ajijiwa avait été très inquiet de ne plus entendre parler de Minji-mendam. Il désirait savoir pour comprendre cette histoire, car il ne croyait pas que son «fils», comme il l'appelait, se soit laissé mourir au bout de son sang. Il le savait fort et résistant, connaissant les moyens de guérir les blessures. Il le savait intelligent et rusé. Il le savait bon père. Il avait compris que l'époux de sa fille était vivant puisque ses chiens avaient disparu avec lui. Une seule bête avait été trouvée morte, le crâne fendu, non loin de la cabane du trappeur. Et quelques jours plus tard, le vieux Mashkikiwinini était venu chercher les canots remplis des provisions d'hiver du chasseur; il avait effectué le travail à l'aide des chiens de Minji-mendam et avait refusé l'aide d'Ajijiwa et de quelques jeunes hommes de la Pointe-aux-Algonquins. Lorsque ces jeunes avaient questionné le vieil homme afin de savoir s'il savait où était le blessé, celui-ci s'était contenté de sourire et s'en était allé. Ajijiwa avait alors eu l'assurance que Minji-mendam vivait encore et qu'il reviendrait un jour.

Les deux enfants étaient aussi au courant des événements, ils avaient entendu les gens de la Pointe en parler. Mais chaque fois que le jeune Kakons posait une question à ce sujet, son frère aîné lui répondait que les Amik-Ininis ne posaient jamais de questions pour ne pas forcer les gens à mentir. Il valait mieux se taire pour ne pas attirer l'attention sur l'Algonquin. Surtout ne pas soulever le vent de la colère chez les gens du village. Les Indiens vivaient en paix avec les Français et les Anglais, et ils voulaient demeurer silencieux.

Lorsqu'un Wimetigoji ou un Jaganash demandait à un Algonquin s'il avait entendu parler de Minji-mendam, celui-ci répondait que non et il ne mentait pas.

Il était préférable de ne rien savoir que de mentir.

3

3.1

Les mois passèrent, calmes et plats, et l'hiver fut chassé par le printemps.

Durant l'hiver, l'histoire du Minji-mendam devenu fou alimenta les conversations des habitants isolés par la neige. Certains s'expliquaient son état par la mort tragique de sa femme et le plaignaient. D'autres soupçonnaient les *boss* de ne pas avoir raconté la vérité. Quelques-uns insinuèrent même que les Anglais s'étaient peut-être rendus chez le «Sauvage» pour lui faire un mauvais parti et que celui-ci s'était défendu.

Mais les intéressés, eux, évitaient de parler des événements. À ceux qui leur posaient des questions trop pressantes, ils répondaient évasivement en reléguant l'incident à de l'histoire ancienne qu'il valait mieux oublier.

Le MacIntosh ajoutait souvent :

— If I ever turn crazy, I hope I won't do as this poor fellow did.

Bert Côté n'avait pas tenu parole. Il s'était remis à boire après avoir connu quelques jours de tempérance.

Il avait eu tellement honte à la messe de ce dimanche-là qu'il était demeuré sobre jusqu'au samedi suivant. Mais le soir de la beuverie arrivé, il n'avait pas su résister à la tentation de revoir les «amis de la bouteille». Il avait récidivé.

Un après-midi du mois de Marie, alors qu'il était assis sur son perron en compagnie de Ti-Trou l'idiot, il vit un homme habillé à la façon typique des Algonquins arriver par la piste de la Désert. L'homme était accompagné par quatre chiens de traînes comme en possédaient tous les bons trappeurs de la région. Ti-Trou s'écria:

— Hey, r'garde, Bert... C'est lui.

— Qui ça, lui? Baptême! C'est ben'que trop vrai, de s'écrier Bert en lâchant le flacon qu'il tenait dans sa main.

— Ben, maudit, y va s'passer d'quoi dans l'village aujourd'hui, d'ajouter l'ivrogne en ramassant sa bouteille.

Ti-Trou se tourna vers Bert en écarquillant les yeux, presque apeuré:

— Y va-t'y s'battre avec les Anglais, Bert?

— J'pourrais pas te l'dire, mais j'voudrais pas manquer ça pour une cruche de caribou.

Bert descendit de son perron pour suivre, de loin, le Minji-mendam qui se dirigeait vers le magasin général de MacIntosh. Il marchait avec assurance et sans se presser, en jetant des regards discrets autour de lui. Il cherchait visiblement quelque chose... ou quelqu'un.

Il monta l'unique marche du perron du magasin général et entra. On aurait dit que les chiens, laissés à l'extérieur, faisaient le guet devant la porte.

Piqué de curiosité curieux, Bert eut tout de même une hésitation à passer près des chiens du trappeur qui se mirent à grogner. Le récit des *boss* y était sûrement pour quelque chose. Ti-Trou, lui, courut presque pour s'accrocher à son ami l'ivrogne de peur d'être mordu par ces bêtes féroces qui avaient déjà attaqué des hommes. Chez les Français, on abattait à vue tout chien qui avait mordu un être humain, car il était généralement reconnu comme un chien malin.

Bert entra dans le magasin et demeura près de la porte, collé au mur. Ti-Trou se blottit contre son ami. Silencieux, ils purent observer la scène.

Le chasseur au bras coupé s'était avancé lentement jusqu'au comptoir. Les quelques clients qui étaient dans le magasin s'écartèrent pour le laisser passer, surpris de voir réapparaître l'Algonquin que beaucoup croyaient disparu à jamais. Minji-mendam demeura debout, très droit, attendant que l'Écossais réapparaisse de dessous de son comptoir où il ramassait des clous carrés servant à ferrer les chevaux. L'attente dura un long moment dans le silence le plus complet. L'Amik-Inini demeurait impassible : pas un trait de son visage ne bougeait.

Avant de revenir au village, le Minji-mendam avait attendu huit lunes. Huit lunes de souffrances morales et physiques. Ce moment d'attente devant le comptoir constituait le début de la vengeance du Bras Coupé.

Lorsque Ian MacIntosh se releva de dessous de son comptoir avec le cabaret de sa balance plein de clous, il le déposa un instant sur le comptoir et saisit un linge pour s'essuyer les mains. Mais, à l'instant même où il saisissait le linge, ses yeux aperçurent la silhouette immobile du Bras Coupé. Il demeura interdit, incapable de bouger ou de dire quoi que ce soit, fixant l'Indien droit dans les yeux, comme s'il voyait un fantôme. C'était un affrontement sans mot et sans geste, d'une tension extrême, et qui dura un long moment.

Minji-mendam savourait cette confrontation qu'il attendait depuis huit lunes. Il avait espéré, souhaité et décidé cette rencontre, mais avait attendu d'avoir retrouvé son habileté et ses forces. Il était maintenant sûr de tenir son gibier. Le piège d'acier s'était refermé sur la patte de l'animal. Mais un animal, l'Indien avait appris à le tuer sans tarder, pour qu'il souffre le moins possible.

Voyant que le *boss* était incapable de parler, il parla le premier.

— Pour combien d'argent Ikwe a acheté? demanda-t-il.

Le marchand ne put répondre immédiatement et le Mendam sentit la peur s'enrouler au cou de celui qui, d'habitude, parlait très fort, trop fort. L'Écossais parvint tout de même à balbutier:

— Fourteen... je veux dire quatorze piastres.

Mendam sortit quelques billets de banque de la poche gauche de veste tout en gardant le bras droit dissimulé sous son makinaw. Il les jeta sur le comptoir en disant:

— Prends quatorze.

Inquiet et méfiant, le marchand compta l'argent et repoussa le surplus vers l'Amik-Inini sans dire un seul mot.

Minji-mendam remit l'argent dans la poche le plus lentement du monde et sortit alors, d'un geste bref, sa main coupée et séchée qu'il plaça sur le comptoir.

— Et ma main. As-tu assez d'argent pour me la payer?

Les gens qui s'étaient discrètement approchés d'un pas pour ne rien manquer de la conversation reculèrent, dégoûtés, effrayés surtout par l'objet répugnant que l'Indien venait de déposer sur le comptoir devant les yeux effarés de McIntosh dont le visage devint blême d'un coup. Sans attendre la réponse, le Mendam sortit alors son bras coupé de dessous son makinaw pour le faire voir à MacIntosh à côté de la main.

— Ça aussi tu l'as acheté et pas payé! Minji-mendam lui, fait crédit. Quand Mendam aura besoin d'argent pour t'acheter de la farine, il t'avertira d'avance. Oublie pas… Tu dois une main à Minji-mendam.

Après avoir repris la main séchée et devenue toute noire, il tourna les talons et sortit aussi lentement qu'il était entré, sans se retourner ni saluer les gens qui se trouvaient sur son passage et qu'il connaissait tous très bien. Bert sentit un frisson lui parcourir l'épine dorsale lorsque le trappeur passa près de lui, pendant que Ti-Trou tremblait de peur.

Rendu dans la rue principale du village, Minji-mendam se dirigea avec ses chiens vers la première maison à la droite du magasin général de l'Écossais. Près de l'escalier qui mène à la galerie avant, il incita les chiens à sentir. Puis il fit le tour de l'habitation toujours en invitant les chiens à sentir. Il surveillait très attentivement les moindres réactions de ces bêtes au flair aiguisé. Comme elles avaient eu à se battre contre ses assaillants huit mois plus tôt, il craignait qu'elles aient oublié les odeurs de cinq ou six personnes différentes. En faisant le tour d'un hangar, il lui vint à l'idée que certains propriétaires pourraient bien lui interdire de passer sur leur terrain et qu'il devrait alors employer d'autres moyens pour faire son enquête.

Une fois cette première inspection terminée, il entreprit le même manège à la maison suivante, puis à la troisième et ainsi de suite. À la nuit tombée il avait terminé tout un côté de la rue principale et, au détour du sentier, il disparut en forêt avec ses quatre chiens, aussi discrètement qu'il était venu. Personne ne manqua son manège dans le village, surtout pas ceux qui avaient quelque chose à se reprocher. Plusieurs se posèrent des questions sur les raisons de ce manège, pendant que d'autres crurent qu'il était vraiment devenu fou et qu'il fallait s'en méfier.

Les femmes poussèrent les verrous des portes et mirent les crochets aux fenêtres. Même ceux qui connaissaient bien l'Indien ne prirent aucune chance et fermèrent leur porte à clé. Dès le lendemain matin à l'aube, le trappeur était revenu au village et commençait la visite des maisons de l'autre côté de la rue principale. De temps en temps un chien grognait en reniflant une piste ou en repérant la trace d'un des agresseurs de son maître. Minji-mendam esquissait alors un très léger sourire et continuait sa tournée. À la nuit tombée, l'ombre de l'Indien disparut en forêt suivie de celles des quatre chiens. Il ignorait toujours les noms de ses agresseurs de la nuit de novembre, mais il savait maintenant où chacun d'eux habitait.

En faisant la guet près des habitations, il verrait chacun d'eux. Une chose l'embêtait encore : les chiens avaient donné des signes de nervosité devant l'auberge. Comme beaucoup de gens y venaient, il lui faudrait donc observer avec attention les allées et venues de plusieurs clients afin d'être bien certain de ne pas se tromper. Les gens innocents ne devaient pas être mêlés à son histoire.

C'était devenu, au cours des huit lunes de sa guérison, une affaire entre lui et six hommes.

Cette nuit-là, Minji-mendam eut beaucoup de mal à s'endormir. Étendu sous un abri rudimentaire construit dans un talus de l'orée de la forêt, il pouvait voir une bonne partie de la rue principale et des commerces environnants.

Ses chiens blottis contre lui, il ne risquait pas d'être surpris par les veilleurs nocturnes ou par ces six hommes qui l'avaient déjà attaqué. Malgré la chaleur relative de cette nuit de printemps, il frissonna. Il n'osait faire de feu, car les habitants du village l'auraient sitôt repéré. Aussi dût-il se rapprocher de ses chiens, sous cet abri de branches de cèdre et d'épinette.

Lorsque le sommeil vint, il fut assailli par les pensées les plus étranges. Ikwe lui reprochait de chercher vengeance et d'attirer sur les siens le discrédit, la méfiance et la crainte. Il avait beau expliquer qu'il fallait réagir pour que ces gens ne recommencent pas avec un autre Indien ce qu'ils avaient osé avec lui, Ikwe ne l'écoutait pas et recommençait à lui faire le même reproche. Et pourtant, avant sa disparition de ce monde, cette femme tant aimée ne lui avait jamais adressé le moindre reproche…

Dans son rêve il voulait convaincre Ikwe qu'il ne pouvait accepter d'être jugé à la place de toute sa race ; ses actions à lui ne pouvaient jeter le discrédit sur un peuple entier puisque ce peuple n'avait rien à voir dans son histoire.

Ikwe parlait très peu et ne voulait rien entendre à ces explications. Elle persistait, reprochant toujours à Mendam de chercher vengeance pour sa main perdue.

— Puisque tu es maintenant aussi habile de la main du cœur, tu n'as plus à avoir de ressentiment. Tu as vaincu ton habitude à ne travailler que d'une main. Tu as développé une habileté alors que bien d'autres personnes seraient restées sans ressources ! Tu devrais en être fier. Et les hommes qui ont fait mal en t'attaquant, te savoir vivant et près d'eux, toi qui connais toute la vérité sur cet accident, cela devrait les punir suffisamment. Ils doivent craindre à tout instant que tu ne démasques leur mensonge.

Minji-mendam sursauta sur sa couche, en alerte. Un des chiens venait de gronder et cela avait suffi pour l'éveiller tout à fait. Un léger craquement dans un arbre tout près lui fit déceler une présence. Puis le grignotement de l'écorce d'un grand pin tout près lui fit réaliser qu'il s'agissait de Kagwa, un porc-épic nocturne qui se régalait sans s'occuper de la présence de l'homme et des chiens. Il referma les yeux et, toujours bien éveillé, il entendit à nouveau Ikwe tenter de le dissuader de mettre sa vengeance à exécution. Fallait-il écouter la voix du rêve ? Devait-il abandonner si près du but ? Mais comment pouvait-il faire ? Il avait dit devant plusieurs personnes qu'il viendrait chercher son dû ! En plus, même s'il pouvait faire éclater la vérité sur l'accident, comment pourrait-il redorer son image contre la parole de six hommes blancs ? Il ne savait même pas ce que ces hommes avaient raconté sur lui. Au magasin du MacIntosh puis en circulant dans le village, il s'était bien aperçu que sa seule présence dérangeait. Les gens le craignaient comme on craint un fantôme ou un étranger suspect, son retour après des mois d'absence faisait jaser. Et cette main coupée qu'il avait montrée au McIntosh le rendait encore plus inquiétant.

Non, Ikwe ne pouvait comprendre ! Le Mendam se disait qu'elle était femme et, même depuis qu'elle était devenue esprit, elle n'avait pas acquis le sens de la fierté de l'homme face aux autres hommes. Elle n'avait pas compris qu'il fallait que justice soit rendue contre ces gens. Elle ignorait sans doute que si Minji-mendam avait coupé la main d'un Anglais, il aurait été sévèrement puni pour ce geste criminel.

Il est vrai que le Mendam ne s'était plaint à personne et qu'il avait rongé son désir de vengeance pendant huit lunes, à réapprendre le métier d'homme et à reprendre ses forces et son esprit d'homme. Il avait vécu huit lunes de frustration à n'avoir envie que de retrouver Ikwe dans le monde des esprits et seul son désir de vengeance l'avait gardé en vie.

D'où elle était maintenant, Ikwe ne pouvait comprendre. Il fallait que son destin à lui, Minji-mendam, suive son cours. Il fallait que ce MacIntosh et les cinq autres hommes vivent une peur et une douleur au moins égale à la sienne. Il avait donné sa parole, il la respecterait jusqu'au bout.

À moins que celui à qui il l'avait donnée, ce MacIntosh, lui demande de la reprendre ? Et encore faudrait-il qu'il le fasse devant les mêmes personnes présentes lors de cette promesse? Jamais ce marchand voleur n'avouerait qu'il avait eu tort et qu'il craignait la vengeance d'un Amik-Inini!

Il fallait donc continuer. Vivre pour faire regretter leur geste bête et méchant. Après… Après il verrait bien.

Il se leva et sortit de son sac, qu'il portait toujours en bandoulière, un morceau de viande séchée et un peu de skons, pain de farine et d'eau qu'il mangea en guise de petit-déjeuner. Il puisa de l'eau fraîche à une source qui coulait près de là et se désaltéra. Ensuite, il entreprit de surveiller, immobile comme un roc, les maisons et l'auberge où ses chiens avaient flairé l'odeur des attaquants durant les nuits du mois des morts catholiques.

Pendant des jours et des jours, il observa ainsi le village de loin sans jamais se montrer à personne, ne prenant que quelques heures de repos pour se nourrir et vaquer aux nécessités quotidiennes. Il ne fit que deux voyages vers le campement de Mashkiki-winini, la première fois pour prendre des provisions, et la seconde pour y laisser les chiens. Il ne garda que sa chienne favorite avec lui.

Ses observations lui apprirent *qui* étaient les personnes demeurant dans ces maisons repérées par le flair infaillible des chiens. Il apprit aussi qui était celui qu'il cherchait parmi les gens qui fréquentaient l'auberge, que les Anglais appelaient *Inn*. Il reconnut en effet la silhouette longue et fine de celui qui avait décroché la hache du mur de sa cabane et qui avait tranché sa main. Il reconnut le maréchal-ferrant, le boxeur et employé de MacIntosh, le cordonnier et le contracteur McManamy. Il connaissait maintenant leurs habitudes et les heures auxquelles ces hommes vaquaient à leurs tâches.

Lorsqu'il sut tout ce qu'il désirait savoir, il quitta son poste d'observation et revint vers le campement du Niganadjimowinini. Il ramassa tous ses objets personnels, ses armes, ses munitions et quelques provisions, en fit un bagage de portage qu'il assujettit à son support à dos et, en compagnie de ses quatre chiens, quitta le campement de celui qui avait pris soin de lui comme s'il avait été son propre fils, sans lui dire adieu.

Le vieil homme était absent lors du départ du Minji-mendam, mais il ne se poserait même pas de questions à son retour. Comme tous les Indiens, il savait que cela n'apportait ni n'enlevait quoi que ce soit à personne. Pas plus que les remerciements. Son destin était tracé, le Mendam se refusait à impliquer le vieil homme et à lui attirer des ennuis. Le Niganadjimo-winini, qui savait demain, le comprenait. Il n'avait jamais tenté de dissuader le trappeur de mettre son plan à exécution et pourtant, il savait aussi et depuis fort longtemps, que le Mendam s'y préparait.

Rien ni personne ne pouvait changer le destin.

3.2

Après la sortie du Minji-mendam du magasin général, MacIntosh, blême et visiblement ébranlé d'avoir revu celui qu'il croyait mort, demanda aux clients présents de revenir une autre fois.

Assis à la table de son arrière-boutique, il se versa une bonne rasade de « p'tit blanc » et l'avala d'un trait. Après avoir verrouillé les portes, son commis Dan Ferguson, métis par sa mère, vint lui demander s'il pouvait quitter et s'il devait revenir le lendemain. MacIntosh réfléchit un peu puis demanda à Ferguson d'aller au *Inn* dire à Ireland de venir le rejoindre ici même.

Quelques minutes plus tard, le boxeur se présentait à la porte arrière du magasin général en compagnie de Dan Ferguson. Après avoir renvoyé le métis chez lui, MacIntosh fit entrer John Ireland et lui versa un verre de « White stuff », comme il appelait le « p'tit blanc » des travailleurs francophones.

Pendant plus de deux heures, attablés devant la bouteille d'alcool fort, les deux hommes discutèrent du retour inattendu du Mendam et des mesures à prendre pour éliminer le risque qu'il représentait. À la fin, il avait été résolu qu'on attendrait pour voir ce que ferait le trappeur. Et prévenir les quatre autres de se tenir sur leurs gardes et de ne commettre aucune imprudence. On décida aussi qu'il fallait rappeler la version déjà donnée des faits, et prétendre que le bonhomme était toujours aussi fou puisqu'il était venu au village le menacer devant plusieurs témoins et qu'il agissait bizarrement en inspectant les alentours des maisons du village.

Il fallait que les six participants à cette expédition de la nuit de novembre se tiennent bien ensemble et entretiennent la rumeur de la folie de l'Indien afin de se réserver l'appui des gens du village.

En quittant le marchand, Ireland se rendit avertir les autres des nouvelles instructions. Il sortit du magasin juste à temps pour voir Minji-mendam suivi de ses quatre chiens disparaître au détour du sentier menant au village de la Pointe-aux-Algonquins.

Le lendemain de cet événement, qui avait rendu nerveux les six acteurs du drame de novembre, on vit réapparaître l'Algonquin avec ses quatre chiens et recommencer le manège de l'inspection des maisons. Personne durant cette journée, pas même un autre Indien, n'adressa la parole à Mendam, et c'est en toute quiétude qu'il effectua son manège. Personne n'osa lui interdire l'accès à son terrain et aucun chien de garde n'osa l'en empêcher non plus.

Et lorsqu'au terme de son inspection, qui prenait au fil des heures des airs d'enquête, il reprit la direction du sentier au bout de la rue principale, la peur s'était définitivement installée dans le cœur de chacun des responsables de l'accident.

Ce soir-là, les six hommes se réunirent. On discuta fort tard et à plusieurs reprises la chicane faillit éclater entre eux. Tous blâmaient Francis d'avoir eu peur et de s'être servi de la hache. Tous lui reprochaient sa lâcheté bien connue et son habitude de suiveux. Le pauvre Francis se défendait en prétendant que s'il n'avait pas eu ce geste instinctif, l'Indien aurait saisi son couteau et aurait éventré une couple d'entre eux avant de se faire casser la gueule.

— I saved you all, you bunch of fuckers.

Les plus violents voulaient lui faire un mauvais parti. Le MacIntosh aidé de McManamy les retenaient. Ireland, McCartney et MacIntire acceptaient mal les insultes du jeune Francis qui leur rappelait qu'ils l'avaient en quelque sorte forcé à les suivre ; au départ il ne voulait pas se mêler de la correction que les cinq avaient voulu servir au trappeur algonquin.

Lorsque les six hommes se séparèrent, tard dans la nuit, ils n'échangèrent aucune poignée de mains ni aucune salutation amicale. Six paires d'yeux inquiets regagnèrent leur domicile respectif. Six paires d'yeux qui inspectaient les moindres recoins sombres de la rue principale du village des coupeurs de bois, que les Indiens appelaient Manito-Akki.

Plusieurs jours passèrent sans qu'on ne revit le Minji-mendam. On crut simplement qu'il avait prononcé quelques paroles en l'air et qu'il ne mettrait pas ses menaces à exécution. Les gens du village l'oublièrent presque, n'étant pas concernés par la singulière histoire du *Bras Coupé*, comme on l'appelait déjà. On oublia peu à peu de pousser le verrou à la porte d'entrée, le soir, et la vie continua son cours normal.

Pourtant, un beau matin, on vit le Mendam arriver au village par le chemin du haut de la rivière, où l'Irlandais Gilmore avait obtenu une concession de coupe et commençait à rivaliser avec McManamy pour l'embauche des bûcherons. Tous furent étonnés de ne voir qu'un chien l'accompagner.

Il se dirigea vers le magasin de Jos Parent et y pénétra sans même avoir jeté un coup d'œil aux alentours. Là, il acheta quinze têtes de hache à deux taillants, un rouleau de babiche qu'il avait lui-même vendu à Jos Parent l'année précédente et qu'il rachetait au double du prix qu'il avait eu pour la marchandise, du fil de laiton, de la «corde à pendu» faite de chanvre fin, ainsi que deux gallons d'huile à lampe et dix pierres à fusil pour faire du feu.

Puis, voyant un magnifique fusil à deux coups avec deux petits marteaux à l'extérieur, il s'informa de son fonctionnement. Jos Parent, patiemment, expliqua qu'il était fait pour tirer des cartouches toutes prêtes à l'avance et que l'on pouvait recharger soi-même en *paquetant* avec du coton et de la poudre. Après une heure de théorie et de pratique sur le rechargement d'une cartouche et le maniement de l'arme, Bras Coupé se décida à l'acheter. Quand vint le temps de payer le tout, Minji-mendam demanda si les fourrures de l'hiver payaient pour tout ce qu'il avait pris.

Jos Parent se mit à aligner des chiffres. Il compta et recompta.

— Il manquerait à peu près trois peaux de castor ou de renard pour tout couvrir, mais c'est pas grave, tu m'as fait confiance en me laissant tes peaux à la fin de l'hiver, j'peux bien te faire confiance pour trois peaux. Tu me paieras quand tu le pourras. J'suis prêt à t'attendre.

L'Indien hocha la tête en guise de remerciement et s'empara du paquet qu'avait fait Parent, le mit sur son épaule et sortit sans dire un mot de plus. Imelda Parent, qui n'avait rien perdu de la scène, se tourna alors vers son mari et lui dit, les mains sur les hanches :

— Tu fais crédit aux sauvages à c't'heure ! Pis t'avais traité avec lui le printemps passé quand tout le monde le pensait mort ? Pis tu l'as jamais dit qu'y était vivant ? Tu me caches tout le temps c'que tu fais. Des fois j'me d'mande si tu t'caches pas pour rencontrer les femmes de mauvaise vie qui montent de Bytown. C'est rendu que j'pus rien que l'époussetteuse ici-dedans ! J'ai plus le droit d'savoir c'que tu fais. Tu traites avec des fous pis tu l'dis pas à personne, pis tu leur fais crédit...

Le sermon continua longtemps. Jos, haussant les épaules, écrivait dans son livre de crédit ce que lui devait le Bras Coupé. Il avait l'habitude de ces sermons qui se terminaient toujours par une crise de larmes et par le départ d'Imelda pour les appartements à l'arrière du magasin. Et la phrase finale du monologue était de rigueur.

— Je l'sais depuis longtemps que tu m'aimes plus. Sans cœur, va !

La sortie se fit dramatique comme à l'habitude. Dramatique et digne, alors que la dernière larme était presque sèche au sortir même de l'œil.

Une fois sa femme partie, Jos se prit à murmurer :

— J'me d'mande ben c'qui va faire avec quinze haches ? Ç'a pas de bon sens ! Quinze haches. Y'a pas acheté de manches. Y va sans doute les faire lui-même. Mais quinze têtes de hache?

Jos se grattait la tête tout en préparant une commande pour le voyageur de Montréal qui ne manquerait pas de venir, comme il le faisait chaque année depuis deux ans, pour lui et pour son compétiteur MacIntosh.

À l'arrière du magasin, Imelda faisait à haute voix ses récriminations, entre des sanglots bien espacés afin que son époux les entende distinctement.

Pendant plusieurs jours, le Minji-mendam confectionna des manches de haches recourbés. Lorsqu'il en avait fixé un, il soupesait l'arme et la lançait. S'il était satisfait du balancement, il la mettait de côté mais il reprenait son travail tant que l'arme n'était pas à son goût.

Il déroula la babiche après l'avoir trempée dans l'eau puis il l'étendit le mieux possible et, avant qu'elle ne soit complètement séchée, il se mit à la huiler et à la graisser pour l'assouplir.

Ce travail fait, il transporta tout son matériel dans un campement bien dissimulé du bout de la rivière Désert, appelée en algonquin Kitiganisipi. Puis il revint à sa cabane du bas de la rivière, un peu en amont du village et du campement de la Pointe-aux-Algonquins. Là, il se mit à se promener dans le village en s'arrêtant longuement en face de chacune des maisons de ses agresseurs et en fixant obstinément un point en particulier. Souvent, arrêté presque une heure entière devant le magasin du MacIntosh, il regardait par la fenêtre qui donnait derrière le comptoir, jusqu'à ce que le marchand, excédé, baisse la toile.

Ce manège répété pendant plus d'une semaine rendit les six *boss* terriblement nerveux. Aucun d'eux n'osait plus sortir sans être armé, de peur d'être attaqué par le Bras Coupé. On ne voyait d'ailleurs plus ces six hommes à l'auberge durant la semaine et, le samedi soir venu, leur table restait vide.

Le barman Jos dit Ti-Cœur trouva que les *boss* devaient avoir drôlement peur pour ne plus oser sortir de chez eux. Seul le grand Stewart MacIntire, qui logeait à l'étage supérieur du *Inn*, venait parfois prendre un verre. Mais il restait debout au bar et ne se départissait plus de son long crochet de fer. Une fois ivre, il se mettait à crier qu'il n'avait peur de rien ni de personne et que les « Sauvages » n'étaient pas plus hommes que les Blancs. Mais il n'osait jamais mentionner de nom et s'en tenait à des généralités.

Ce dimanche-là, lorsque les premiers habitants sortirent de chez eux pour se rendre à la messe, ils purent voir le Bras Coupé debout devant la maison du jeune Paul Francis. Il fixait obstinément la fenêtre avant, derrière laquelle il voyait une ombre passer de temps à autre.

MacIntosh attendit d'être accompagné par sa femme et son homme de main, le grand John Ireland, pour sortir de chez lui. Il s'arrêta devant le *Inn* et fut rejoint par Stewart MacIntire qui avait toujours son long crochet de fer accroché à l'épaule. Ce n'est que lorsqu'il fut encadré de ces deux mastodontes qu'il osa passer devant le Bras Coupé pour se rendre à l'église. Le cordonnier McCartney sortit aussi de chez lui quand il vit les trois autres passer en compagnie de madame MacIntosh. Le groupe rencontra Jim McManamy et son épouse sur le perron de l'église. Ils entrèrent tous ensemble. Seul Paul Francis n'osa sortir de chez lui, apeuré par la présence du Bras Coupé. Il n'avait pas eu la protection du groupe auquel il appartenait malgré lui.

Pendant l'office, le MacIntosh se promit bien d'aller parler à l'Indien avec ses quatre compagnons. Mais lorsque la messe fut terminée, le Bras Coupé avait disparu. MacIntosh invita alors le groupe des *boss* et quelques amis à venir manger avec eux sur la véranda de sa maison située tout près de son magasin général. Plusieurs le suivirent. Ils s'amusèrent ferme pendant l'après-midi : on joua au fer à cheval, on tira au poignet, on exécuta quelques tours de force et on termina par un concours de souque à la corde. Plusieurs cruches de caribou et de p'tit blanc furent vidées et quand chacun regagna son domicile, à la brunante, les esprits avaient eu le temps de s'échauffer et les langues de se délier. On avait beaucoup parlé de la folie du Bras Coupé et de son attitude pour le moins étrange qui faisait peur aux femmes et aux enfants du village, qui mettait peut-être la sécurité des familles en danger. Il fallait, selon certains, mettre fin à cette histoire en lui défendant de flâner au village. D'autres parlaient de contacter la police de Bytown pour obtenir une certaine protection. Mais, le soir venu, aucune mesure n'avait été prise et rien ne se faisait différemment des autres jours.

Après avoir bien bu et bien mangé, Charles McCartney se dirigea vers sa demeure. Sa femme était partie visiter des parents à Montréal. Elle avait pris la diligence du premier jeudi de chaque mois et ne serait de retour qu'en septembre prochain.

En titubant il gravit les marches du perron. Il s'agrippa à la rampe pour ne pas tomber. En arrivant à la porte, il aperçut un rouleau d'écorce de bouleau, retenu par un morceau de babiche attaché à la poignée de la porte. Il arracha la pièce qui se brisa alors que la babiche resta bien attachée à la poignée. Il déroula l'écorce et en ressortit un objet presque noir et de forme cylindrique. Il l'examina longuement, ne comprenant pas tout de suite ce que cela pouvait bien être, puis soudain le laissa tomber en ayant un haut-le-cœur : c'était le doigt d'une main d'homme.

Il provenait assurément de la main coupée du « Sauvage ». McCartney comprit alors qu'il avait été désigné par l'Indien : il serait le premier sur la liste des six. Sans perdre un instant, il se dirigea vers la maison de MacIntosh. La peur lui donnait des ailes. Il n'y paraissait plus du tout que deux minutes auparavant il avait peine à gravir les marches de son perron.

Chez MacIntosh, il rencontra tous les autres, sauf Paul Francis. Personne ne l'avait vu de la journée. Montrant le doigt qu'il avait ramassé, il expliqua comment il l'avait trouvé accroché à sa poignée de porte et le signe qu'il y voyait. Les autres invités, qui n'étaient pas mêlés à cette affaire, décidèrent de rentrer chez eux, craignant d'être vus en compagnie des *boss* et que cela attire sur eux les foudres du Bras Coupé. Une fois entre eux, les cinq anglophones se dirigèrent vers l'arrière-boutique du magasin général de MacIntosh. Autour de la lampe à l'huile, ils décidèrent de la marche à suivre. « Il faut être très discret », prévint MacIntosh. Le Bras Coupé avait été vu plus souvent au village depuis un mois que de toute sa vie auparavant. S'il disparaissait, il fallait que ce fût sans éclat et de façon à ce qu'on ne le retrouve pas tout de suite. Il fallait que cela ait l'air d'une seconde disparition soudaine. Son étrange caractère des derniers temps expliquerait assez facilement cette nouvelle fugue.

Qui serait volontaire pour accomplir ce que tous souhaitaient? John Ireland se leva et s'adressa à MacIntosh:

— Have you got a gun? A double barrell if you have one?

Il se dirigea vers l'avant du magasin pour revenir aussitôt avec un de ces nouveaux fusils à cartouches et une poignée de munitions. Il tendit le tout à l'homme de main qui sortit sur-le-champ. Les autres le suivirent, pressés de rentrer chez eux.

La nuit tombait, lente et belle en cette fin du mois où les jours sont les plus longs dans l'année. Cette nuit marquait le début de l'été, mais elle fut froide.

.

Viendrait-il, celui qui ne pourrait plus souffrir la présence de l'Amik-Inini? Viendrait-il, celui qui, le premier, aurait envie de voir disparaître le souvenir encombrant de «Celui qui se souvient», Minji-mendam?

Le trappeur le souhaitait ardemment. Il désirait voir enfin le premier homme qui tenterait la même folie qu'en novembre dernier.

Il espérait que cela se passe comme il l'avait prévu. Il avait donc laissé ses chiens à son campement du haut de la rivière avant de s'installer dans sa cabane. Sur la table rudimentaire placée près de la porte, on pouvait encore voir la tache noire du sang coagulé qui avait coulé du bras coupé, le soir fatidique. Pendant que ses yeux fixaient la tache avec insistance, les images des jours heureux de sa première vie vinrent s'interposer entre elle et son désir de vengeance.

Il revécut les arrivées de chasse et les heures qui suivaient ces retrouvailles. Il entendit à nouveau la voix d'Ikwe lui chanter la vie de tous les jours, la fierté d'être mère et d'offrir deux fils à l'homme qui l'avait choisie. Un instant, le monde n'exista plus, et la douleur mourut dans l'âme de celui qui avait mal. La haine s'estompa peu à peu et la joie de ne plus haïr envahit son esprit.

L'esprit de son esprit flotta sur l'espace opaque du monde qu'il ne comprenait plus. Et ce qu'il ne comprenait pas devint clair et la clarté se changea en soleil. Mais le soleil disparut et la nuit devint noire.

Il fut tiré de sa rêverie par un léger bruissement. L'ouïe aiguisée de l'homme de la forêt avait senti une présence insolite à l'extérieur de la cabane.

Il s'assit sur le rebord de sa couche en peaux d'orignal et attendit sans bouger en gardant sa respiration le plus régulière possible. Il attendit longuement que ce qu'il avait prévu arrive. Il attendit que le piège tendu se referme sur le premier coupable. Il attendit que le destin lui vienne en aide en punissant un de ceux pour qui tout semblait permis. Patiemment.

Dès qu'il entendit le sifflement de la branche qui retenait un des pièges étendus au sol et un cri presque immédiat de surprise et de rage, il se leva d'un bond. Il ouvrit la porte de sa cabane et distingua une forme humaine suspendue par une jambe à une lanière de babiche tressée. La branche de frêne tenait le coup : le gibier se débattait en essayant de rejoindre la corde pour se libérer, mais le fait de n'avoir qu'une jambe attachée annulait ses efforts.

Minji-mendam scruta la nuit pour s'assurer que l'homme n'était pas armé. Il était fier de son piège, car il avait hésité un moment avant de le mettre en œuvre. Il revit tous les gestes posés dans la journée : il avait soigneusement huilé la babiche pour en faire une tresse, grimpé dans le jeune frêne, attaché cette tresse à une branche puissante encore flexible. Puis il était descendu de l'arbre en laissant pendre cette tresse vers le sol. Sous l'arbre, en diagonale avec le centre de suspension de la tresse, il avait planté un piquet encoché très profondément dans le sol. En fabriquant une espèce de crochet de bois à encoche proéminente, il l'avait fixé à la tresse, à environ la moitié de sa longueur. Puis en s'aidant de son pied et en attachant une corde à l'arbre, il parvint à plier la branche, suffisamment pour en faire un ressort capable de soulever un homme. Il fixa l'encoche du crochet à celle du piquet et fit de l'extrémité de la tresse un collet, comme pour prendre un chevreuil. Au crochet qui retenait la branche pliée, il fixa une fine broche de laiton qu'il attacha à un arbrisseau au travers du collet étendu. Dès qu'un homme s'accrocherait dans la broche, le crochet sortirait de l'encoche et la branche déclencherait le collet.

Il avait choisi ce jeune frêne-là, car quiconque s'approchait de sa cabane à la dérobée devait se servir de cet arbre unique pour se dissimuler, avant de traverser la petite clairière au centre de laquelle la cabane était construite.

L'homme suspendu à la branche n'était pas un véritable chasseur puisqu'il avait voulu traverser la clairière plutôt que de la contourner. Il devait s'agir d'un «coupeur de bois» ou d'un de ces hommes venus de la ville.

L'ombre criait des injures et sacrait indifféremment en anglais et en français. Lorsque le Bras Coupé s'approcha de lui, il put reconnaître l'employé du marchand MacIntosh. On disait de lui qu'il pouvait se battre pour de l'argent.

Il vit alors, sur le sol, un fusil presque identique à celui qu'il avait acheté au Français Jos Parent. Il le prit et le lança au loin. Il saisit une autre tresse de babiche qui pendait le long de l'arbre et il entreprit de ficeler l'homme qui se débattait comme un poisson que l'on sort de l'eau. Comme l'homme gigotait trop, le chasseur dut prendre un bâton et lui en asséner un solide coup sur la tête. Avec l'assurance du trappeur qui répète les mêmes gestes pour la millième fois, il transporta ensuite des branches mortes et les plaça lentement tout autour de l'arbre, sous l'homme pris au piège. Lorsqu'il jugea en avoir assez, il prit un morceau d'écorce de bouleau, l'alluma à l'aide d'un peu de poudre à fusil et d'une pierre à feu, et le mit sous le tas de branches.

Ce ne fut qu'à cet instant que l'Irlandais reprit conscience. Il se mit à crier des injures à l'Indien en le traitant de «fou» de «Sauvage dangereux»: ils auraient dû le tailler en morceaux plutôt que de ne lui couper que le bras. Mais lorsque le feu commença à lui chauffer le visage, il se mit à supplier, à pleurer, à promettre un tas de choses à celui qui, impassible, avait écouté tous ces mots sans en dire un seul.

Quand les injures devinrent supplications, quand la haine du boxeur se changea en promesses d'amour, quand son mépris pour le Sauvage devint assurance de respect futur, le Minji-mendam se glissa prestement vers la rivière pour retrouver le canot d'écorce qui l'avait conduit chez le Niganadjimowinini, le soir du mois des morts catholiques où il perdit une main.

De loin, alors qu'il remontait la rivière, il pouvait apercevoir en se retournant la lueur du feu qui cuisait lentement le premier des six coupables. Avant de partir, il avait planté un mince piquet à plusieurs pas du feu et y avait attaché un doigt de sa main séchée, en guise de signature. Cela allait soulever contre lui la haine et la peur de gens à qui il n'en voulait nullement et contre qui il refuserait de se battre, à moins d'avoir à défendre sa propre vie.

Il savait à quoi il s'exposait en agissant de la sorte, mais il avait donné sa parole. À moins d'être un lâche, on ne peut reprendre une parole. Il le savait depuis sa plus tendre jeunesse, son père et les aînés du village le lui avaient répété si souvent. Ainsi, tous sauraient que lui, Minji-mendam, tenait toujours parole, quelles qu'en soient les conséquences.

À mesure qu'il s'éloignait, il perdit la notion des choses lorsqu'il entendit à nouveau la voix d'Ikwe chanter l'Air des Retrouvailles. Alors il se confondit à la nuit du pays des Amik-Ininis envahi par les coupeurs de bois.

Bert Côté avait soif ce matin-là. Mais il était résolu à ne plus boire. Cette résolution n'était pas nouvelle chez lui, mais elle était prise avec sérieux chaque fois que les lendemains de cuite étaient difficiles.

Aussi décida-t-il de boire du thé, beaucoup de thé, pour laver son « intérieur » de l'alcool des six derniers mois. Il sortit de chez lui et descendit la rue principale. Le soleil était déjà haut dans le ciel, et les mouches se faisaient collantes. L'humidité des forêts environnantes apportait son épidémie de mouches noires.

Il faisait chaud et Bert Côté suait gros quand il arriva devant le magasin général de Jos Parent. Il sortit son grand mouchoir de coton rouge, aussi sale que la poussière du chemin, et essuya son visage rougeaud.

Alors qu'il s'apprêtait à entrer au magasin du marchand canadien-français, il entendit des cris d'enfants en direction de la rivière. Il se retourna et vit alors plusieurs personnes qui remontaient la rue en suivant une charrette basse tirée par deux chevaux.

On pouvait voir, montés sur la charrette debout à l'avant, le maréchal-ferrant Stewart MacIntire qui conduisait l'attelage, le contracteur Jim McManamy et l'employé du marchand MacIntosh, le métis Dan Ferguson. Des enfants, curieux de savoir ce que transportait cette charrette basse, suivaient en posant des questions. Plus grand que tous les autres, Ti-Trou l'idiot essayait de soulever la bâche de toile qui recouvrait le véhicule. Sur la voiture, McManamy avait véritablement l'air malade et restait assis à l'arrière, tournant le dos.

Intrigué par cette étrange procession, Bert Côté redescendit les marches du perron. L'attelage s'immobilisa devant le magasin du MacIntosh, qui sortit aussitôt à la rencontre de l'équipage.

— What happened ? demanda-t-il.

— He's dead. Roasted like a pig. He was tied at the tree and burned there by that crazy Savage, répondit MacIntire avec un trémolo dans la voix.

Les gens commençaient à se réunir autour de la voiture d'où une senteur de chair grillée se dégageait. Bientôt, tout le village fut là. On raconta que le boxeur était allé convaincre le Bras Coupé qu'il ne fallait plus venir au village, car sa présence effrayait les enfants. Comme il était parti depuis deux jours et que MacIntosh avait besoin de lui, il avait demandé à McManamy et MacIntire de le rechercher, en effectuant leur tournée des camps de bûcherons pour la paie.

Bert trouvait invraisemblable que le boxeur soit allé rendre visite au trappeur pour un tel motif. Il songea que l'histoire de la main coupée de l'Amik-Inini s'éclaircissait lentement et que la légitime défense de six hommes contre un trappeur et ses cinq chiens, si elle avait paru plausible au début, commençait à sentir aussi fort que le cadavre rôti dans la voiture.

Soudain, Ti-Trou souleva la toile et tous purent voir, à côté du cadavre, un fusil nouveau genre et un mince piquet sur lequel était attaché un doigt séché. De plus en plus convaincu de son idée, Bert Côté retraversa la rue et entra au magasin général de Jos Parent. Imelda était dans la fenêtre du magasin et regardait le spectacle.

Dès qu'il entra, elle pressa Bert de questions. Que se passait-il? Qu'y avait-il dans la charrette, sous la toile? Bert répondit, et ne put s'empêcher de commenter :

— J'trouve pas mal drôle de voir que l'boxeur avait besoin d'un fusil pour rencontrer l'Sauvage pis juste y parler? Pas vous?

— L'Mendam est pas plus fou qu'toé pis moé, Bert, répondit Jos Parent, derrière son comptoir. Si y a fait ça, c'est parce que ce gars-là y avait fait quelque chose de pas catholique!

— Les *boss* y ont coupé la main, vinyenne, ça serait peut-être ben assez pour qu'il leur en veuille, renchérit Bert. On tue pas un homme pour rien, pis l'Sauvage y'é pas plus sauvage… Hey, c'est bon, j't'après dire que l'Sauvage est pas plus sauvage que nous autres, pis c'est vrai en bâtard, Jos! C'gars-là a jamais rien d'mandé à personne pis y s'est toujours mêlé d's'affaires.

Jos regarda Bert droit dans les yeux.

— En tous les cas, j'donnerais ma chemise pour savoir la vérité sur c't'affaire-là. Penses-tu qu'y vont faire venir la police d'en-bas?

Bert haussa les épaules. Il ne savait pas.

— Moé en tous les cas, j'vois pas comment le gars va s'en sortir. Y'a commis un meurtre, à moins que le feu, ça soit un accident aussi... ou bien de la légitime défense? Mais l'Indien viendra pas s'plaindre à nous autres. Les Blancs, on a pas la réputation d'pleurer trop trop sur les malheurs des Sauvages. Pis, y'z'ont trouvé un doigt séché attaché à un petit piquet. Pareil comme celui trouvé par McCartney dans la vitre de sa porte d'entrée. Ça voudrait dire que lui aussi y va y goûter à la médecine de Bras Coupé! En tous les cas, j'aime mieux être dans ma peau que dans celle des *boss.* J'prends pas d'chance, j'barre ma porte le soir, au cas qu'il se tromperait d'maison pis qui voudrait rentrer chez nous. Mais y'a pas de danger, y m'connaît pis y sait que moé, Indien ou Blanc, je r'garde pas la différence. Du monde, c'est du monde. Même les *boss* anglais. Donne-moé donc une livre de thé noir, Jos. J't'arrêté d'boire...

Après avoir excité les peurs et les sentiments de la population, MacIntosh proposa de faire venir la police. Mais fallait-il demander celle de Bytown, devenu Ottawa, ou celle de Montréal?

MacIntosh proposa d'écrire une lettre et d'envoyer Dan Ferguson la porter à Bytown, beaucoup plus près. Les gens présents acquiescèrent, sauf les Indiens qui s'éloignèrent, préférant ne pas se mêler d'une affaire qu'ils ne comprenaient pas encore trop bien. Les

Français ne réfléchirent pas longtemps; ils acceptèrent la suggestion du marchand général. Même si les gens n'avaient pas été d'accord, le tout-puissant MacIntosh avait décidé en son for intérieur qu'il écrirait quand même à la police de Bytown.

Il avait peur comme les autres, cela se lisait sur son visage. Aucun d'entre eux ne sortaient plus sans un fusil ou une arme quelconque, et Paul Francis, terrorisé, s'était encabané chez lui depuis que le Mendam avait commencé ses incursions dans le village.

À cause de la chaleur de l'été, on décida d'enterrer rapidement le cadavre à moitié calciné de l'ancien boxeur. On ne lui connaissait aucun parent. Il fut enseveli l'après-midi même; quelques personnes assistèrent à la cérémonie religieuse, exécutée avec hâte par le curé à cause de la senteur. Pas de cérémonie à l'église, car il aurait fallu pour cela garder le corps jusqu'au lendemain.

Un cercueil rudimentaire fut fabriqué et c'est entre quatre planches de sapin que furent placés les restes de l'homme de main de MacIntosh.

Le lendemain matin, Dan Ferguson, le métis, partit pour Bytown monté sur un cheval de trait assez gras pour écarteler le petit homme trapu qu'il était. La lettre, dans un sac porté en bandoulière, était adressée à *Bytown Police* et portait l'inscription *Urgent*.

C'est par le sentier qu'empruntait la diligence et les voitures à bois que disparut le messager, longeant la rivière la plupart du temps pour se rendre jusqu'à la rivière des Outaouais.

Ce soir-là, toutes les portes du village des coupeurs de bois furent verrouillées et barricadées. Même ceux qui croyaient que le Mendam avait de bonnes raisons d'agir ainsi ne prirent aucun risque. Tant que la police ne serait pas arrivée, on ne se sentirait pas en sécurité dans le village.

Bert Côté fit ce qu'il avait déclaré au marchand Jos Parent. Il poussa les deux verrous de la porte en planche de sa petite maison. Sans savoir vraiment pourquoi, il eut quand même beaucoup de mal à s'endormir. La peur d'être attaqué par le Bras Coupé l'avait-elle gagné? Ou était-ce simplement le manque d'alcool?

Lorsqu'il s'éveilla le lendemain matin, il y avait déjà de l'activité dans la rue principale. Il ne s'en préoccupa guère et se mit en frais de faire réchauffer des fèves au lard et des «oreilles de crisse» afin de bien commencer cette seconde journée sans boire. Il entendit soudain frapper à sa porte.

— C'est qui qu'y est là?

— C'est moé, pis j'n'ai une bonne à te conter!

Reconnaissant la voix de Ti-Trou, Bert laissa sa poêle de fonte sur le feu et vint déverrouiller la porte. Ti-Trou entra en trombe.

— Tu... tu sais pas c'qui arrive, pis tu peux pas deviner! Moé, j'comprends rien en toute.

Bert retourna à sa poêle sans avoir l'air trop curieux et répondit simplement:

— J'ai pas besoin de deviner, tu vas tout me raconter dans 'minute.

— Bert, imagine-toé que le cheval de Dan y'est r'venu à l'écurie TOUT SEUL. Pas de Dan dessus! C'est-tu assez fort, ça?

Les yeux du jeune homme, qu'on appelait l'idiot ou «le pas-fin-fin», s'ouvrirent et brillèrent de tout leur feu de fierté. Il venait d'apprendre quelque chose à Bert Côté qui, d'habitude, savait tout.

— C'est quand qu'y est r'venu? demanda Bert en vidant le contenu de sa poêle dans son écuelle de bois.

— Ben, MacIntosh l'a trouvé devant la porte de l'écurie à matin, en allant soigner son autre ch'val. Les Anglais y disent que l'Bras Coupé y'a tué Ferguson pour pas qu'y apporte la lettre à 'police.

Bert fit une pause en déposant son écuelle sur le coin de la table. Il se disait que si c'était vrai, il faudrait que quelqu'un lui ait dit que Ferguson s'en allait à la police… Et pourquoi aurait-il tué Ferguson? Ce gars-là ne lui avait rien fait! Il travaillait pour MacIntosh, mais c'était pas un crime que de gagner sa vie! Non. Cela ne se pouvait pas. Le Mendam ne tuerait pas sans discernement. Il en voulait aux six gars qui lui avaient coupé le bras mais ne s'attaquerait pas à d'autres gens du village. Bert s'assit et commença à manger sous le regard inquiet de Ti-Trou.

— Tu penses pas qu'y aurait pu tomber en bas de son cheval? Pis une fois libre, c'est quoi qu'tu penses que ça fait, un cheval? Ben ça revient à l'écurie tout seul!

La réponse de Bert décontenança Ti-Trou une seconde, mais il se reprit aussitôt:

— Hey, y connaît ben c'te cheval-là, y travaille avec tous les jours. Y'aurait pu l'appeler? Non?

Bert le regarda un instant comme s'il avait voulu dire: «Pauvre imbécile» mais il se ravisa et prit son ami en pitié.

— Si y s'est estropié en tombant ? Si y s'est assommé ? Penses-tu qu'il pouvait appeler son cheval en y promettant d'l'avoine à 'tonne ?

Ti-Trou baissa la tête, un peu honteux de n'avoir pas encore pensé plus loin que le bout de son nez. Honteux aussi de ne pas être aussi intelligent que son ami Bert Côté. Mais soudain, un sourire illumina son visage. Il regarda Bert un instant.

— Ben, ça, les Anglais y ont même pas pensé plus que moé. Pis les autres non plus. J'm'en vas leur dire qu'y sont pas plus fins que moé !

Il sortit d'un coup de vent, laissant la porte ouverte aux mouches qui ne manquèrent pas l'occasion de s'introduire chez leur ami, l'ivrogne Bert Côté, qui leur laissait si généreusement des restes dans des chaudrons, poêles et assiettes de bois et de faïence. Comme les mouches faisaient aussi partie de sa vie et de ses relations, Bert ne prit pas la peine de se lever et d'aller fermer la porte. Une fois son repas terminé, il bourra sa pipe avec méthode et l'alluma. En fumant, il ne serait pas incommodé par les mouches, qui se chargeraient bien de nettoyer les casseroles à sa place…

Ce fut tout un choc pour le MacIntosh de retrouver le cheval qu'il avait prêté à Dan Ferguson la veille. Immédiatement, il sauta à la conclusion que son employé, pourtant sans ennemi connu, s'était fait tuer par le Bras Coupé. Aussi ne manqua-t-il pas de commenter l'événement à sa façon.

Très tôt ce matin-là, Jim McManamy, Stewart MacIntire et deux employés canadiens-français arrivèrent sur la charrette basse tirée par deux chevaux.

Les provisions de bouche pour un mois devaient être chargées et transportées au chantier du contracteur. MacIntosh ne manqua pas de mettre les quatre hommes au courant de la disparition et, le temps de le dire, la rumeur de la mort de Dan Ferguson se répandit dans le village comme une traînée de poudre. Les rumeurs se répandent plus vite que les bonnes nouvelles.

À midi, tout le village était au courant et la nouvelle était déjà parvenue au campement de la Pointe-aux-Algonquins. À la Pointe, on ne comprit pas pourquoi le Bras Coupé avait fait une chose pareille. La mère de Ferguson était la tante de Minji-mendam, et donc la sœur de sa mère décédée.

Lorsqu'elle parvint au campement d'été des Amik-Ininis, la nouvelle faisait mention de la mort de Dan mais ne mentionnait pas où ni quand son corps avait été trouvé, encore moins comment il avait été tué. En fait, elle ne parlait même pas de l'histoire du cheval revenu seul! On n'avait retenu et colporté que la mort de Dan Ferguson.

Une fois la charrette pleine de victuailles, MacIntosh demanda à McManamy de laisser MacIntire au village pour qu'il veille à la protection des citoyens, au cas où le Bras Coupé reviendrait. Le contracteur se fit tirer l'oreille quelque peu mais consentit finalement quand ses deux employés canadiens-français, Hector et Alphonse, offrirent d'emporter leurs fusils pour le défendre si jamais le Bras Coupé se montrait le bout du nez. Et la charrette s'ébranla vers le chemin de la rivière Désert où les draveurs s'évertuaient à garder les passages clairs de *jams* dans les multiples croches qu'elle effectuait tout au long de son parcours.

N'ayant pas vu le cordonnier Charles McCartney depuis deux jours, MacIntosh demanda à MacIntire d'aller le prévenir des derniers événements. Il se devait d'être lui aussi sur ses gardes, il avait été le premier à recevoir un doigt de la main de Bras Coupé. Il lui enjoignit aussi de se rendre chez Paul Francis pour voir ce qu'il devenait. Ce pauvre Francis semblait atteint d'une si grande frayeur qu'il ne sortait plus de chez lui que par extrême nécessité. Il gardait sa porte verrouillée et ne se rendait plus au travail. Au service de McManamy, il était un homme à tout faire dans l'entreprise du contracteur irlandais : bûcheron, messager, porteur d'eau, homme d'écurie... Mais à mesure que ses remords le rongeaient, il s'était mis à avoir peur. Et cette peur était devenue incontrôlable. Il voyait le Minji-mendam partout.

Aussi, lorsque Stewart MacIntire vint frapper à sa porte cet après-midi-là, il ne fut pas étonné de voir que Francis mettait du temps à ouvrir. En attendant que le jeune Écossais l'ait reconnu, l'attention de MacIntire fut attirée par une petite pièce d'écorce de bouleau, roulée et suspendue à la poignée de la porte par une petite lanière de cuir.

Il tendit la main, décrocha la lanière et déroula l'écorce, roulée en forme de cornet servant à l'appel des orignaux. À l'intérieur, il trouva un doigt séché. Au même moment Paul Francis ouvrit la porte, ayant reconnu le maréchal-ferrant. Immédiatement, il vit le doigt séché dans la main du MacIntire et fit un pas en arrière, laissant passer l'homme au grand crochet de fer.

On pouvait lire la terreur dans les yeux de Paul. Il se ressaisit au bout d'un moment.

— You received one?

Sans montrer aucun signe d'émotion ou de nervosité, le maréchal-ferrant répondit:

— No, it was hanged on *your* door.

Le jeune Francis devint livide et crut défaillir. Il se retint à l'armoire et déclara d'une voix éteinte:

— It means that he is after me?

Le maréchal-ferrant, grand homme aux muscles puissants, hocha la tête. Et il entreprit de lui raconter en détail les événements les plus récents. Au courant de la fin tragique du boxeur Ireland, Paul Francis fut beaucoup plus impressionné par la disparition de Dan Ferguson. Il commençait à voir le Bras Coupé comme un fantôme qui se transporte en canot volant comme dans la chasse-galerie, parlant au diable pour apprendre ce qui se dit et se fait dans le village. Un frisson parcourut son corps, le secouant de la tête aux pieds.

Il vit l'Algonquin avec un visage hideux de monstre le dévorer vivant et eut envie de fuir. Mais où pouvait-il bien aller? Ferguson était parti avec une lettre et s'était probablement fait tuer par le trappeur indien… Il ressentit un grand vide et se laissa tomber sur sa chaise les yeux fixés sur le doigt séché que MacIntire avait déposé sur la table.

Le MacIntire lui jeta un regard de pitié en sortant.

— Lock your door and let us work. I'll go at McCartney's and we will take care of him. Good luck.

3.5

Lorsqu'il sortit de chez Paul Francis, Stewart MacIntire fut surpris de ne pas entendre le jeune homme tirer le verrou derrière lui. Mais comme il faisait beau et très chaud, le forgeron se mit à penser à la pêche qu'il n'avait pas encore eu le temps de faire à cause de ce maudit Bras Coupé. Il jura contre cette équipée avec les cinq autres fanfarons qui avait tourné au drame et pesta contre l'invention de la boisson, cause de leur malheur à tous.

Passant devant l'église, il fit le signe de la croix. Haut juchée sur la colline, la petite chapelle surplombait la rencontre des deux rivières, le campement d'été des Amik-Ininis et le village des coupeurs de bois. Le vent s'était levé et soufflait de l'ouest, assez fort pour débarrasser les coins ombrageux des mouches noires qui se nichaient partout dans le nez, les oreilles, les yeux et même les cheveux. Aussi tous les gens portaient-ils des chapeaux, même en été.

En arrivant dans la cour du cordonnier, le maréchal-ferrant put voir la porte de la maison grande ouverte aux mouches et à la brise douce de cette chaude journée d'été. Il gravit les deux marches du perron en se tenant à la rampe et entra dans la petite maison qui servait aussi d'atelier de fabrication et de réparation de bottines et de souliers de bœuf.

Il n'y avait personne à l'intérieur. Stewart MacIntire ressortit et regarda autour de lui. À l'arrière de la maison il y avait un hangar et une écurie pour un seul cheval. La bête était là qui piaffait, hennissant de temps en temps, visiblement nerveuse ou affamée.

La porte du hangar était fermée. Le forgeron se dirigea vers ce hangar et ouvrit la porte. Il referma aussitôt. Son cœur se mit à battre avec force. Un grand frisson lui parcourut l'échine.

Il ouvrit de nouveau la porte et vit l'affreux spectacle d'un homme étendu sur le dos, la tête ouverte comme un melon coupé en deux et, près de lui, une hache à deux taillants au manche recourbé. Il referma la porte à nouveau et appela les gens qui passaient près de là. En quelques minutes, il y eut un attroupement. Plusieurs Algonquins de la Pointe vinrent voir, ainsi que Bert accompagné de Ti-Trou. Arrivant en trombe, un fusil à la main, Paul Francis se força un chemin au travers de la foule de curieux massée près du hangar du McCartney.

Il s'arrêta net près du cadavre, le regarda avec horreur et, aussi soudainement qu'il était arrivé, repartit à la course en criant :

— No, no, it can't be.

Apeurée, toute la population, sauf les Indiens et quelques Français qui refusaient toujours de s'en mêler, fut sur un pied d'alerte. On organisa des patrouilles armées pour tenter de retrouver le Minji-mendam au bras coupé. Le soir tombé, les patrouilles rentrèrent bredouilles. Pas une seule trace de l'Algonquin. Pas une seule trace de son passage nulle part. Et pourtant, il était omniprésent dans l'esprit des gens. Surtout dans celui des quatre *boss* encore vivants, coupables d'avoir coupé la meilleure main du trappeur. Ce soir-là, la lampe à l'huile ne brilla point dans la maison du jeune Paul Francis. Et la garde fut montée devant les maisons où vivaient les *boss*.

Le lendemain, lorsque MacIntosh rendit visite au jeune Francis, il le trouva pendu à la poutre centrale de sa maison, une chaise renversée sous ses pieds.

Sur la table reposait le doigt séché et l'écorce de bouleau roulée, trouvés par MacIntire la veille. Rien n'avait bougé. Aucun signe de bataille. Le jeune Francis, pris de remords, avait mis fin à ses jours de façon volontaire. Mais la présence du doigt séché permit à MacIntosh de jeter le blâme sur le Bras Coupé. Il fut donc déclaré coupable d'un quatrième meurtre en moins de cinq jours par une partie du village des coupeurs de bois.

Plusieurs jours s'écoulèrent sans que rien n'arrive dans ce village où la peur côtoyait le besoin de gagner sa vie, aussi régulièrement que les heures succèdent aux heures.

Un matin de juillet, on vit arriver trois voitures couvertes et un homme à cheval. Dans les trois voitures couvertes, des soldats de la milice de Bytown. Sur le cheval, un certain Bouchard, policier en civil, envoyé pour faire enquête sur l'affaire. Les soldats ne furent pas longs à installer leurs bivouacs aux endroits stratégiques du village afin d'assurer la sécurité de la population contre les attaques éventuelles de « l'Indien fou » à la main coupée.

Le détective Bouchard questionna les gens sur les événements qui s'étaient passés. Il visita les lieux de tous les crimes et nota les moindres dires de chacun. Il fit le point et interrogea les Indiens qui connaissaient bien le Minji-mendam. Il constituait le dossier peu à peu et se forgeait une idée des raisons qui avaient poussé le Bras Coupé à agir de la sorte. Les motifs, peu à peu, s'éclaircirent : l'Indien se vengeait pour la mutilation de son bras.

Pendant ce temps, le village reprenait sa vie normale et les expéditions organisées par les petits détachements de soldats revenaient bredouilles. Invariablement. Le Bras Coupé avait disparu à nouveau. On commençait à croire que sa vengeance était terminée.

Ne sachant pas *qui* avait prévenu la police et l'armée du drame qui avait frappé le village, les gens posaient des questions et formulaient des hypothèses de toutes sortes. On écartait pourtant l'idée que ce puisse être le Ferguson, puisque personne n'avait rien appris de nouveau depuis le retour de son cheval. Il devait être mort.

Parti le matin sur le cheval de Ian MacIntosh, le métis avait chevauché presque toute la journée sur cette énorme bête de travail qui ne pouvait rien de plus que trotter, le forçant à faire du tape-cul. Aussi, alors qu'il prenait son repas du soir près du feu de camp qu'il avait allumé, Dan Ferguson décida de continuer à pied. Détachant le cheval, il le frappa à l'aide d'une branche pour s'assurer qu'il retourne directement à l'écurie. Le lendemain matin, il repartit à pied vers la grande ville. Son voyage dura trois autres journées avant qu'il n'arrive à Hull.

À la sortie du chemin, il rencontra la diligence qui reprenait son service de la *Malle Royale*. Pendant la période du dégel, ce service était abandonné à cause du mauvais état de la route longeant la rivière Gatineau, et les lettres étaient acheminées par canot lorsque la crue des eaux printanières le permettait.

Dan Ferguson se disait que si l'on avait attendu deux jours, la lettre aurait pu être acheminée par la diligence, il aurait ainsi évité d'avoir les fesses en sang. Il songeait aussi que les voyages étaient moins fatigants à pied et en canot qu'à dos de cheval. Il traversa le pont des Chaudières et se rendit à Ottawa, que tous les gens du haut de la rivière appelaient encore *Bytown*. Il s'informa de l'endroit où il devait livrer cette lettre et s'empressa de disparaître. Chaque fois qu'il avait rencontré un policier, il avait ressenti un petit malaise et, cette fois encore, il en avait été de même. Alors il avait remis la lettre au premier policier qu'il avait vu en entrant et était ressorti sans demander son reste.

Il avait ensuite erré dans la ville d'Ottawa en effervescence en cette fin de juin et s'était arrêté sur la place du marché pour manger un peu de viande séchée. Pris d'une envie soudaine, il chercha désespérément un endroit où il put se soulager et se résigna finalement à l'assouvir derrière une charrette de cultivateur. Une dame passa près de lui pendant qu'il pissait.

— Maudit cochon! Ça peut pas faire ça dans les toilettes comme tout le monde! C'est fait pour rester dans l'bois, pas avec l'monde civilisé!

Ferguson était analphabète. Il ne pouvait lire, à deux pas, l'affiche qui indiquait : Toilettes/Toilets. En se promenant sur la place du marché, il vit quelques hommes sortir d'un endroit qui ressemblait beaucoup à une auberge comme celle du village des coupeurs de bois. Il y entra. On y servait de la bière. Il sortit son argent de sa poche ; cet argent que lui avait donné MacIntosh avant de partir en le prévenant de ne pas tout le dépenser.

Il commanda une bière et, comme la liasse de billets de banque semblait intéressante, une jolie dame vint s'asseoir à sa table.

— Alors, on paie-tu une bière ?

Le métis, tout fier d'avoir attiré l'attention d'une femme de la ville, paya une puis deux puis d'autres bières. Jusqu'à ce que l'inconscience de l'alcool le saisisse et le transporte au pays magique du rêve.

Le lendemain matin, il se réveilla dans une cellule du poste de police où il avait livré la lettre la veille. Il fut accusé d'avoir troublé la paix et d'avoir frappé plusieurs clients de l'hôtel du Marché en plus d'avoir brisé deux chaises. Le juge de paix le condamna à dix jours de prison. Ferguson ne pouvait payer les dommages causés, il avait bu tout son argent.

Minji-mendam avait mal à l'intérieur.

Il ignorait pourquoi.

Était-ce le souvenir d'Ikwe qui lui serrait le cœur ?

Était-ce la conscience d'avoir fait mal ?

Était-ce simplement qu'il ne savait plus très bien si cette vengeance était encore nécessaire ? Il avait observé l'activité nouvelle dans le village. Les gens avaient peur de lui. Il savait qu'il ne pouvait plus se montrer et il avait vu des hommes à qui il n'avait jamais rien fait se mettre à sa recherche. Il avait mal à l'amitié qu'il avait toujours témoignée à l'endroit des Français du village. Il avait mal à son orgueil de devoir se cacher, comme le gibier que l'on traque pour assouvir le besoin nouveau d'avoir toujours plus de peaux afin d'avoir plus d'argent et acheter ces choses nouvelles dont son peuple pouvait jadis se passer.

Il avait mal à son pays qui ne lui appartenait plus et où il devait se soumettre. Il avait mal à ses lacs où il ne pouvait plus tendre son filet sans qu'on lui dise *c'est défendu, propriété privée.*

Il avait mal à sa forêt que l'on abattait arbre par arbre et que l'on remplaçait par des maisons, des chemins, des jardins…

Il avait mal à ses ancêtres qui avaient été les bénéficiaires de la mère-terre depuis des générations et que déplaçaient ceux qui creusaient la terre pour asseoir les maisons de pierres et d'arbres coupés.

Il avait mal à son amour de cette femme qu'il avait prise pour épouse et que les arbres morts avaient foudroyée.

Il avait mal à sa pensée de n'avoir pas réagi par son père pour empêcher ces coupeurs de bois de tuer ses amis les arbres.

Il avait mal… mal.

Il était assis près de son feu qui ne produisait plus que des braises. Il n'avait plus besoin de se dissimuler aux yeux des poursuivants ; le soir, aucun d'eux n'osait s'aventurer en forêt.

Tout près du village des coupeurs de bois, il était plus à l'abri que très loin. En peu de temps il pouvait

début extrait #2

se rendre à l'orée de la forêt pour surveiller tous les faits et gestes des gens du village. Aussi ne bougea-t-il pas lorsque son oreille perçut un pas lent et presque silencieux qui s'approchait de son campement. Un de ses chiens grogna. D'un simple regard Minji-mendam le fit taire. Sans regarder, il savait que celui qui s'approchait était un Amik-Inini. Au bout de quelques instants il sut que le pas appartenait à un homme et que cet homme était plutôt âgé malgré l'assurance de sa progression.

Sa chienne favorite grondait sourdement et, bien que couchée, battait lentement de la queue de façon régulière. Elle aussi reconnaissait le pas. Les autres chiens ne s'occupaient de rien. Comme si le pas avait appartenu au vent léger de la forêt. Comme si le rythme doux de ce pas avait été celui de l'esprit de la nuit qui marche pour ne pas s'endormir de rêves. Quand les pas débouchèrent sur la petite clairière qui servait d'abri au trappeur, celui-ci dut à nouveau faire taire sa chienne blanche.

Il ne se retourna point. Mashkiki-winini s'approcha du feu de braises et s'assit presqu'à côté de Mendam. Avec des gestes lents il sortit de son maskimoth un sac de tabac fait d'une vessie de chevreuil et bourra sa pipe.

Sans dire un mot il prit une branche de cèdre sec et la mit dans la braise. Le bout de la branche s'enflamma aussitôt et il alluma sa pipe en bois d'érable. Il se mit à en tirer quelques bouffées pendant que la branche achevait de se consumer.

Minji-mendam était impassible. Muet. Pas un sourcillement ne venait briser la régularité des traits sur son visage basané. Ses cheveux noirs, tressés à la manière des anciens du village, jetaient des reflets scintillants dans la nuit et les jeux d'ombres et de lumière dansaient sur ses joues. Longtemps les deux hommes demeurèrent cois, dans cette position de compréhension mutuelle.

Si des paroles avaient été prononcées, elles se seraient perdues au creux des vallons sans rien apporter de plus à cette communication entre deux êtres de générations différentes mais d'aspiration commune. Dans la lourdeur de ce silence, Minji-mendam sentit ce que le Niganadjimowinini voulait lui faire comprendre : l'inutilité des gestes de vengeance qu'il avait posés. Par sa présence, le vieil homme voulait lui faire sentir la crainte qu'il inspirait aux habitants du village des coupeurs de bois et la méfiance qu'ils commençaient à manifester à l'endroit des autres Amik-Ininis. Il comprit que ses propres enfants seraient montrés du doigt par ceux qui auront jugé sa race par ses actions personnelles. Il serait longtemps difficile à ses descendants d'obtenir justice de la part de la désormais majorité non sauvage de la population.

Il comprit que si Ikwe avait vécu, elle aurait désapprouvé sa conduite et que l'obsession de cette présence aimée à ses côtés, chantant l'Air des Retrouvailles, n'était peut-être que la manifestation de son mécontentement. Depuis la blessure de son bras, il avait négligé son devoir le plus fondamental de père pour se consacrer entièrement à cette vengeance dont l'envie lui faisait déjà défaut. À cause des événements, il ne pourrait jamais plus vivre avec ses deux fils en leur enseignant ce qu'il avait lui-même appris de son père et de son grand-père. Sa vie était devenue inutile à sa famille et à sa communauté car elle perdait tout sens en dehors de la vengeance.

Il comprit.

Le vieil homme se racla la gorge légèrement. Il voulait parler et n'attendait que l'attention du Bras Coupé. Mendam tourna lentement la tête vers le Niganadjimowinini.

— Celui qui s'est pendu, c'est toi aussi?

Mendam secoua la tête négativement.

— Il y avait un doigt sur la table. Tous croient que c'est toi!

Mendam ne bougea plus et ses yeux devinrent vides d'expression. Il ouvrit pourtant les lèvres.

— Des enfants?

Et ce fut au tour du vieil homme de secouer la tête en signe de négation. Entre ces trois phrases, il y eut de longs silences. Plus tard, le sorcier des plantes qui connaissait bien demain éteignit sa pipe, la remit dans son sac à tabac, plaça celui-ci dans son maskimoth, se leva et repartit du même pas lent et assuré. Le léger bruissement des feuilles tombées l'automne précédent s'éloignait peu à peu et Mendam ne l'entendit plus après la traversée du petit ruisseau. Il savait qu'il ne reverrait jamais plus cet homme qu'il aimait comme son propre père.

Alors, au milieu des tourments nés de la compréhension de ses actes, l'esprit de Minji-mendam se perdit dans la justification de son destin. Dans la seule justification possible à l'homme simple qu'il était… le respect de la parole donnée. Il n'avait pas d'autres solutions. Son cœur faisait mal et brûlait ses pensées.

Dans le brasier de son esprit, il entendit la voix d'Ikwe lui chanter l'Air des Retrouvailles. Dans cet esprit brûlant, il revit le corps souple et beau de celle qui l'avait quitté pour le long voyage vers nulle part. Dans la chaleur de son esprit, il sentit sur sa peau le souffle caressant et chaud de sa compagne. Et le désir chaud hanta son esprit qui brûlait de l'inoubliable feu de son amour et il sut alors que ce feu ne s'éteindrait jamais…

Fin extrait #2

Ce soir-là, il pleuvait sur le village des coupeurs de bois. L'ancienne Terre des Esprits des Algonquins, dénudée et poussiéreuse, était un immense bourbier où les gens, les chevaux et les chiens pataugeaient après chaque ondée.

Minji-mendam était à l'affût du moindre mouvement des soldats campés aux deux extrémités de la grande rue et montant la garde près de l'auberge. Il observa le maréchal-ferrant, Stewart MacIntire, fermer les portes de sa boutique de forge et y poser l'énorme cadenas de fer qui empêchait les gens d'y entrer.

Il se dit que les Blancs avaient tellement peu confiance en leurs semblables qu'ils devaient cadenasser leurs maisons et leurs boutiques. Aucun Amik-Inini ne penserait à barrer l'entrée de son wig-whom.

Le forgeron remonta la rue, son grand crochet de fer sur l'épaule. Il s'arrêta un moment devant un soldat et lui adressa la parole. Puis, il entra à l'auberge où il habitait. Minji-mendam put observer à loisir tout ce qui se passait sous cette pluie estivale. Lorsque la nuit commença à tomber, Minji-mendam déroula une grande peau d'orignal et s'en couvrit entièrement. Appuyé à un gros pin, il ferma les yeux et s'endormit.

Lorsqu'il s'éveilla, quelques lueurs de lampe à l'huile brillaient encore aux fenêtres des maisons du village. La pluie tombait toujours et le trappeur au bras coupé eut un frisson. Il était trempé.

Il attendit encore. Il attendit que toutes les lueurs de lampes soient disparues. Alors il sortit de sa cachette et se dirigea vers le centre du village en longeant l'orée de la forêt. Il parvint ainsi à l'arrière du magasin général du marchand Jos Parent. Il décrocha alors un petit paquet de fourrures roulées qu'il portait en bandoulière et se dirigea vers la porte. Il déposa son paquet de fourrures sur le perron et se glissa rapidement le long du mur.

Ses vêtements se confondaient avec la couleur des murs de billots. La densité de la nuit aidant, le trappeur se déplaçait en silence. Devant l'auberge, il aperçut l'ombre d'un soldat qui montait la garde, adossé au chambranle de la porte. Mendam se colla au mur du magasin et attendit. Un chien passa près de lui et grogna. Le Mendam ne bougea pas. Le soldat fit un pas vers la rue en essayant de voir ce qui avait fait grogner le chien. La bête s'approcha de l'Algonquin et sentit ses pieds. Le chasseur retint son souffle. Le chien le quitta et traversa la rue en direction du soldat. Mendam avait eu chaud.

Le soldat se pencha vers le chien et se mit à lui parler en anglais. Le chien se laissa caresser quelques instants puis continua sa tournée nocturne. Le soldat retourna à son abri, près du chambranle de porte. Arrivant de derrière l'auberge, un autre soldat vint le rejoindre. Ils échangèrent quelques mots et le premier partit vers l'arrière de l'auberge pendant que le second prenait sa place.

Minji-mendam patienta encore quelques instants et, quand le guetteur tourna la tête vers le vent froid, il en profita pour traverser la rue en prenant bien garde de ne pas mettre les pieds dans les flaques d'eau et faire du bruit. Il contourna le magasin de Ian MacIntosh et se dirigea vers l'arrière de l'auberge. Doucement et sans bruit, il se glissa le long du mur de l'hôtel, passa près de l'écurie des visiteurs et il attendit un peu que le soldat ait le dos tourné pour bondir derrière lui et lui asséner un coup sur la tête avec la poignée de son couteau de chasse. Sans un cri, l'homme s'effondra comme un sac de sable. Le Mendam lui enleva son couteau, prit son fusil et entra dans l'auberge. Il s'arrêta sur le seuil et écouta, tout en habituant ses yeux à cette obscurité nouvelle. Puis il se dirigea vers l'escalier menant au second plancher. Il débouchait au centre d'un hall autour duquel on pouvait compter six portes.

Le Mendam se dirigea vers la première. Il huma l'odeur qui émanait de cette chambre, ouvrit lentement la porte et la referma aussitôt. Il recommença à la seconde puis, à la troisième… l'odeur du sabot de cheval que l'on taille est tout à fait particulière et ne peut être confondue avec les autres senteurs qui se dégagent des gens qui travaillent avec des animaux. Il était donc sûr qu'il s'agissait bien de la chambre du maréchal-ferrant Stewart MacIntire.

Il entra lentement, s'approcha du lit où dormait le compagnon de Ian MacIntosh et s'arrêta net lorsque celui-ci se retourna dans son sommeil. Lorsque l'homme eut cessé ses mouvements, Minji-mendam vint jusqu'à la tête du lit, se saisit du grand crochet de fer et sortit de la chambre.

Là, il appuya le crochet sur le cadrage de la porte, prit une chaise au fond du hall et la plaça face à la porte de MacIntire. Il y posa l'arme du soldat, le canon pointé vers la porte, et l'attacha solidement à la chaise. Il fixa ensuite la chaise à la rampe du haut de l'escalier. Il prit ensuite une lanière de babiche huilée et assouplie, l'attacha à la poignée de la porte, fit passer l'autre bout sous la chaise et ramena l'extrémité vers la gâchette du fusil. Il y fixa la lanière en la bandant le plus possible, tira le chien à marteau tout en s'assurant que l'arme était bien chargée, puis se hâta de descendre et de sortir de l'auberge. En passant près du soldat étendu par terre, il lui ficela les mains derrière le dos avec une autre lanière de cuir. Ensuite, fonçant vers l'avant de l'auberge, il y trouva l'autre soldat endormi. Il n'eut qu'à retraverser la rue et refaire le même trajet. Il regagna son poste d'observation et attendit. Il sursauta soudain réalisant qu'il n'avait pas laissé le doigt séché qui signait son acte. Il se promit de ne pas faire le même oubli pour la prochaine victime. Lorsque la barre du jour se forma, on entendit les coqs chanter sa gloire. Puis, une voix lança des ordres en anglais et il y eut des bruits de pas précipités. Puis des cris plus forts d'hommes en colère et un appel de clairon. Soudain une détonation se fit entendre à l'intérieur de l'auberge.

Sans aucun signe évident de satisfaction, sans être plus fier de ce qu'il venait d'accomplir, le Mendam au bras coupé se leva, roula la peau d'orignal détrempée et, sous la pluie, regagna son campement du haut de la rivière. Là il alluma son feu à l'aide d'écorce de bouleau et entreprit de sécher ses vêtements. Puis, il s'allongea dans son minuscule abri d'écorce et s'endormit.

Son sommeil fut agité. Il se revit enfant, pourchassé par des monstres aux visages pâles qui crachaient le feu. Et Ikwe qui lui chantait l'Air des Retrouvailles en s'arrêtant fréquemment pour lui reprocher sa conduite.

Alors, il s'éveilla et s'assit sur sa couche. Dehors il pleuvait abondamment et Mendam sut qu'il ne pourrait pas trouver le sommeil ce jour-là.

Tout le village était en émoi : la présence de l'armée n'avait pas empêché le Bras Coupé de poursuivre son œuvre destructrice et les membres de la communauté anglophone du village furent pris de panique. On parla de se regrouper pour passer les nuits et, armés de pied en cap, on voulait prendre le village de la Pointe-aux-Algonquins d'assaut et y trouver coûte que coûte le meurtrier qui s'y cachait sûrement.

On parla aussi de prendre les deux enfants comme otages afin de forcer le père à se livrer. Des extrémistes proposèrent de mettre le feu au village des Sauvages et de tirer sur ceux qui tenteraient de s'échapper. Mais ce furent là des paroles dites sur un air de panique et personne n'y donna suite. Le bon sens des gens l'emportait sur la colère et la peur qui les avaient gagnés. On savait parfaitement bien que les autres Amik-Ininis ne pouvaient être tenus responsables des actes d'atrocités commis par un homme en colère qui était devenu fou.

Le lendemain de la mort du maréchal-ferrant, le propriétaire de l'auberge signifia à Jos, dit Ti-Cœur, qu'il se passerait désormais de ses services, sans lui préciser que son renvoi tenait à sa race. C'était un « Sauvage ». Jos comprit.

Le détective Bouchard admira l'ingéniosité de l'homme qui avait tendu ce piège mortel à sa victime. Il comprit que le Bras Coupé s'était introduit dans la chambre puisque le grand crochet de l'homme fort était appuyé sur le cadrage de porte, à l'extérieur de la chambre. Il fut toutefois étonné de ne point trouver l'habituelle signature de l'Amik-Inini. Il était sûr que le chasseur n'avait pas tué Paul Francis et que ce dernier s'était enlevé la vie lui-même. Mais il était certain que le Bras Coupé en était directement responsable. Il était maintenant tout à fait évident que l'histoire de la main coupée différait en plusieurs points de celle que les *boss* lui avaient racontée. Mais il avait un autre meurtre à élucider et celui-là ne portait pas la marque du Bras Coupé.

Il ne devait rien laisser au hasard. Même si l'Indien était recherché pour plusieurs meurtres, personne ne l'avait encore vu perpétrer les crimes pour lesquels on l'accusait. Des preuves tangibles seraient nécessaires. De l'affaire du cadavre calciné du boxeur John Ireland, il ne restait qu'un doigt séché. Charles McCartney avait été tué d'un coup de hache à deux taillants. Il est vrai que le marchand Jos Parent avait formellement reconnu cette tête de hache comme semblable aux quinze qu'il avait vendues à Minji-mendam.

Les lanières de cuir de babiche huilées qui servaient d'attache aux doigts que recevaient les victimes étaient habituellement confectionnées par les Indiens. Mais rien ne prouvait que le Mendam les avait faites. Le doigt séché trouvé sur la table chez Paul Francis prouvait que quelqu'un l'y avait déposé, mais l'absence de signes de bataille et la chaise renversée sous le corps du pendu laissaient plutôt croire à un suicide. Finalement, le fusil ingénieusement relié à la poignée de la porte de chambre du forgeron par une lanière de babiche huilée démontrait encore une fois l'emploi d'un même matériel.

Toutefois, l'absence du doigt séché intriguait fort le détective Bouchard.

Le fusil appartenait au soldat en faction qu'on avait retrouvé assommé. Le fait qu'il avait les mains liées à l'aide d'une lanière de babiche huilée prouvait encore une fois qu'il s'agissait sûrement d'un Indien. Il fallait absolument faire parler les gens de la Pointe-aux-Algonquins avant que ceux du village n'interviennent et prennent à parti des innocents. Il fallait obtenir l'aide des soldats pour capturer le Bras Coupé vivant et connaître l'autre version des événements, car lui seul pouvait donner une version différente de celle des Anglais.

Accompagné du lieutenant Rolfe de l'armée du Canada, le détective Aldé Bouchard de la police fédérale décida de rencontrer les beaux-parents de l'Indien recherché et d'interroger les enfants. Plus vulnérables que les adultes, ils fourniraient peut-être des informations malgré eux.

En compagnie du lieutenant Rolfe de la milice fédérale et de deux soldats, le détective Bouchard monta dans une des charrettes gouvernementales tirée par deux chevaux tranquilles et forts. Deux gros percherons noirs, le col arrondi, la crinière rasée. Avec un calme qui n'avait rien de militaire, le conducteur commanda son attelage en secouant les rênes et les bêtes avancèrent au pas. L'attelage quitta l'extrémité sud du village pour suivre la rue principale bordée à droite par la colline de l'église et à gauche par quelques maisons. En moins de dix minutes, malgré la lenteur des chevaux, l'attelage arrivait en vue des premières habitations Amik-Ininis. Deux petites maisons de bois rond, puis quatre wig-whoms d'écorce de bouleau. Plus loin, dispersées çà et là, des tentes de toile de marine, légères et faciles à transporter. Enfin, quand ils débouchèrent sur une « clairière » que les Français appelaient « D'sert », abréviation de « Désert », ils virent une trentaine d'autres habitations de formes et de constructions diverses.

Deux longues maisons d'écorce et de branches étaient placées au centre de ces installations plus ou moins temporaires. Elles servaient de lieu de réunions au conseil de la tribu, sous la gouverne du vieux chef Pakinawatik, malade et ne se déplaçant plus qu'avec grande difficulté. Il avait obtenu des concessions de terres officielles pour les siens, mais vivait sur une terre lui appartenant en propre, sur le chemin du nord de la rivière Gatineau. Plusieurs autres Amik-Ininis vivaient en retrait, de l'autre côté du village des coupeurs de bois, et ne venaient à la Pointe que pour les réunions du conseil de tribu. La plus vieille des deux longues maisons avait jadis servi de chapelle aux premiers missionnaires qui y avaient dit la messe pendant plus de dix ans avant la construction de l'église de pierre.

Ne sachant trop par où commencer, le détective Bouchard se dirigea vers une des maisons de billots et frappa à la porte. Il attendit quelques minutes. Personne ne répondit. Il allait redescendre lorsqu'il aperçut une ombre à l'intérieur. Il se ravisa, refrappa et attendit encore… La porte s'ouvrit et un grand gaillard, presque aussi gras que le barman Jos mais beaucoup plus grand, se pencha pour sortir de son shack. Il se planta devant la porte, la masquant complètement à la vue du policier qui dut faire un pas en arrière et lever la tête vers le ciel pour s'adresser à l'homme.

— Excusez-moi de vous déranger, mais je voudrais savoir si vous connaissez le Mendam au bras coupé ?

Le torse nu et les cheveux très courts, le Sauvage dégageait une impression de puissance extraordinaire. Il fit signe qu'il ne comprenait pas le français et, gêné, rebaissa la tête pour entrer dans sa cabane de bois rond.

Déçu mais soulagé, Bouchard remonta dans la charrette et s'adressa au lieutenant de milice : « I would'nt like to see this guy when he is mad. » Le soldat sourit en signifiant au conducteur de repartir vers la prochaine habitation.

La voiture s'arrêta devant un wig-whom d'écorce de bouleau et cette fois Bouchard hésita avant de s'en approcher. Il fit le geste de frapper mais se ravisa, réalisant qu'il s'agissait d'une habitation d'écorce.

Il appela : « Il y a quelqu'un ? »

Une jeune fille passa la tête par l'ouverture ronde du wig-whom et dit dans un très bon français :

— Oui, bien sûr.

— Bonjour. Je suis à la recherche de l'homme au bras coupé. Sauriez-vous où il se trouve ?

La jeune fille regarda l'étranger droit dans les yeux et répondit gravement en pesant chaque parole.

— Je ne le connais pas et il n'est pas ici.

Elle rentra la tête en rabattant la toile de fermeture du wig-whom. Le détective remonta dans la charrette et regarda le lieutenant Rolfe :

— Je ne sais pas comment agir avec ces gens-là. Ils ne semblent pas…

Il s'arrêta net en réalisant qu'il parlait français à un soldat de langue anglaise. Il poursuivit en anglais.

— I am sorry. I don't think you've understand what I've just said…

Mais avant qu'il n'ait eu le temps de traduire ses premières paroles, le lieutenant répondit avec un fort accent :

— Il faut faire comme avec les Blancs. Ils ne sont pas différents. Ils doivent apprendre à respecter l'autorité et l'uniforme.

— Ouais, répondit Bouchard. Mais en attendant il faut que je trouve les beaux-parents de ce Mendam. Le vieux s'appelle Ajijiwa. Allons-y !

La charrette s'ébranla à nouveau vers la cabane suivante. Située non loin de la rivière, elle était un peu plus grande que les autres et beaucoup mieux entretenue. Quelques arbres formaient une espèce de haie assez dense pour qu'elle soit isolée. Bouchard remarqua un canot d'écorce qui était là, par terre, à l'état de fabrication. L'écorce de bouleau avait sa forme repliée et plusieurs pierres étaient disposées à l'intérieur pour lui donner ce fond plat nécessaire à une bonne flottaison et à un équilibre stable. Il admirait ce chef-d'œuvre d'invention qui avait permis aux premiers explorateurs français de se déplacer dans ce grand pays qui rapetissait chaque jour lorsqu'un homme apparut devant lui, venant de la rivière et portant deux seaux d'écorce remplis d'eau.

L'homme s'arrêta net en voyant le détective. Son regard se porta ensuite par-dessus l'épaule du policier vers la charrette sur laquelle se tenaient les trois soldats. Il posa les récipients par terre et demanda, en français :

— Vous cherchez quelque chose ?

Bouchard tendit la main à l'homme d'un certain âge en lui disant :

— Je m'appelle Aldé Bouchard et je cherche Ajijiwa.

Il y eut silence et Bouchard sentit que l'homme ne prendrait pas sa main tendue. Il la baissa, un peu gêné d'être un policier. Les gens se méfiaient de lui. Le visage de l'Algonquin se durcit.

— Ajijiwa, c'est moi ! Toi, tu es la police ?

— Je cherche l'occasion de rencontrer ton beau-fils au bras coupé. Sais-tu où il est ? demanda Bouchard sans répondre à la question de l'Indien.

Il y eut un autre silence. Les yeux d'Ajijiwa ne quittaient pas ceux du détective. Il laissa tomber :

— Tu veux l'amener ?

— Il a tué au moins trois personnes, le savais-tu ?

Et la réponse vint, rapide et sèche :

— Ceux qui sont morts avaient coupé son bras.

— Mais il n'avait pas le droit de faire justice lui-même. La loi le défend.

Le front de l'Algonquin se plissa.

— *Ta* loi, celle qu'on nous a imposée. Pas celle de mon peuple.

Le détective ne sut que répondre. Il lui fallait trouver un argument valable pour connaître la cachette du trappeur. Levant les yeux vers ce représentant de la loi des Blancs, Ajijiwa demanda doucement :

136

— Ceux qui ont fait du mal à Minji-mendam, tu vas les punir aussi?

— Si ton gendre me raconte ce qui est arrivé et si j'obtiens des aveux concernant les événements, oui je verrai à les traduire en justice.

Mais il n'avait pas réussi à convaincre cet homme à l'esprit vif et clair qu'était Ajijiwa et il l'entendit dire avec un calme déconcertant.

— Une grosse amende en argent des Blancs pour avoir coupé le bras d'un trappeur algonquin et une corde de chanvre indien autour du cou du trappeur algonquin pour avoir puni ses agresseurs sans permission. Je ne sais pas où il est mais si je le savais, je ne le dirais pas. Les Algonquins ont toujours obéi aux lois de ceux qu'ils ont toujours aidés, mais ils sont fatigués de perdre leurs membres un à un.

Sur ces derniers mots, il renversa les deux seaux d'écorce de bouleau remplis d'eau qu'il avait déposés par terre à la vue du policier et se dirigea vers sa cabane de bois rond sans plus s'occuper de ce dernier. Bouchard demeura un instant sur place en regardant s'éloigner ce Sauvage surprenant qui venait de lui parler d'égal à égal.

Il ne croyait pas du tout que le Bras Coupé soit aussi conscient de cette drôle de situation. Mais cet Ajijiwa ne manquait pas de courage et il était franc. Il se dit qu'il ne tirerait probablement rien de ces gens car ils se protégeaient entre eux, ils le feraient même envers un ennemi.

Le policier s'éloigna du canot d'écorce et remonta dans la voiture où le lieutenant Rolfe l'attendait. Machinalement et par gestes, il fit comprendre au conducteur qu'il désirait retourner au village. Pendant que le conducteur manœuvrait son attelage, Aldé Bouchard se mit à réfléchir aux dessous complexes de cette l'affaire...

Ce soir-là, Ajijiwa, père de la belle Ikwe et responsable de l'éducation des enfants qu'elle avait eus avec Minji-mendam qu'il aimait comme son fils, parla longuement avec les deux enfants du trappeur. Tous trois, assis sur des bûches de bouleau jaune, veillèrent tard : Ajijiwa raconta tout ce qu'il était nécessaire à ces enfants d'apprendre. Jusque-là ils avaient ignoré le véritable motif qui avait poussé leur père à tuer des *boss*. Maintenant, ils savaient. Dans leur tête d'enfant, ils comprenaient que le geste était grave, sans pouvoir mesurer les conséquences de ces actes.

Ils eurent du chagrin de n'avoir pas vu leur père depuis tant de lunes. Ils ne purent que pleurer quand ils comprirent qu'ils ne le reverraient peut-être plus jamais. Cette nuit-là, la grand-mère Tanis s'endormit fort tard et Ajijiwa écouta longtemps battre les cœurs dans le silence de la cabane.

Les chevaux étaient fatigués et n'allaient plus qu'au pas. Alphonse, qui tenait les rênes, n'arrivait plus à les faire trotter.

Assis à l'arrière de la charrette, son ami Hector et son patron Jim McManamy faisaient la conversation, les pieds dans le vide. Entre eux deux fusils reposaient. Depuis plusieurs semaines maintenant ils traînaient ces armes, au cas où le Bras Coupé attaquerait ce maudit contracteur qui les payait le plus mal possible pour les longues heures passées à voyager entre les chantiers et les campements des draveurs. Pourtant, une forme de camaraderie s'était établie entre les trois hommes depuis que les deux Canadiens français avaient promis de protéger leur patron.

McManamy était inquiet. À n'importe quel tournant du sentier, l'ombre du Bras Coupé pouvait surgir. Des six membres de l'expédition fatidique, il ne restait que MacIntosh et lui. De ces six hommes, trois étaient célibataires ; ils étaient morts. Des trois mariés, un était mort. Sa femme l'avait d'ailleurs abandonné avant qu'il ne soit tué et semblait peu peinée le jour de l'enterrement.

McManamy ne voulait pas mourir si tôt. Puisque la police et l'armée n'arrivaient pas à capturer l'Indien, il avait décidé de se rendre à ce Bouchard pour tout lui raconter de l'événement qui avait provoqué la colère et la vengeance de Minji-mendam. Il lui demanderait de l'arrêter et de le protéger contre ce fou. Déjà père de trois enfants, il ne pouvait prendre la chance de se faire tuer si jeune.

Sa décision prise, il réussit à sourire et voulut se donner du courage. Il sortit un flasque de caribou et en offrit à Hector. Ce dernier ne se fit pas prier pour ingurgiter la douce liqueur inventée par les Sauvages mais adoptée par tous les Blancs fournisseurs d'alcool. Puis le flacon changea de main et de bouche de façon régulière jusqu'à ce qu'il fut vide.

La conversation devint beaucoup plus intime ; les chevaux ne se guidaient plus que par leur instinct de «suiveurs de chemins et de pistes battues». Les trois hommes chantaient maintenant des chansons du folklore français. McManamy les apprenait beaucoup plus vite que la moyenne des anglophones. Hector balançait de grandes claques dans le dos de son patron qui ne pouvait que rire de ces nouvelles familiarités. Il faisait bon, pour un *boss*, de descendre au niveau des employés et de leur prouver qu'il était aussi un être humain. Hector demanda :

— Hey, *boss*, sais-tu que c'est la première fois que j'prends un coup avec un Anglais ?

McManamy répondit en riant :

— And it might be the last too. Tu sais-tu que c'peut-être le dernier ?

Ils éclatèrent tous trois d'un rire gras d'hommes ivres. Ils s'amusaient ferme. Au prochain tournant,

McManamy sauta soudain de la charrette en marche en criant :

— Arrête le ch'fal, j'vas make a crap.

— Who la gang, le *boss* va chier, s'exclama Alphonse en riant de plus belle. Hector enchaîna :

— Câlisse, un *boss,* ça chie comme tout le monde, par le cul.

À peine avait-il prononcé ces paroles qu'un cri de mort retentit. Malgré l'alcool ingurgité, les deux employés du contracteur saisirent leurs fusils et coururent vers l'orée de la forêt où avait disparu Jim McManamy. Même si la noirceur commençait à tomber, les deux hommes n'eurent aucun mal à trouver leur patron recroquevillé sur lui-même, les culottes baissées jusqu'aux chevilles, un épieu de frêne planté dans le dos. L'épieu était fixé à un arbre de frêne replié et retenu par un mince fil de babiche retenant un crochet de bois. À l'endroit même où les excréments étaient tombés, une broche de laiton traversait le sentier. La seule pesanteur des excréments avait suffi à déclencher le piège.

Le hasard avait voulu que ce piège à ours soit placé à l'endroit même où l'homme avait décidé de se vider les entrailles. En examinant les alentours pour tenter de trouver l'auteur de ce crime, si crime il y avait, Alphonse et Hector trouvèrent trois autres fils de laiton tendus à une vingtaine de pas l'un de l'autre. Ce n'était pas le hasard qui avait fait fonctionner ce piège sur McManamy.

Ils tentèrent de trouver un signe de présence humaine mais n'y parvinrent pas. Ils n'osèrent toucher à quoi que ce soit et se dépêchèrent de se rendre au village à la vitesse dont étaient capables les deux chevaux de trait.

Apeurés et encore sous l'influence de l'alcool, ils racontèrent leur aventure à MacIntosh. En très peu de temps, toute la population parlait du cinquième meurtre du Bras Coupé. Peut-être le sixième selon certains, si l'on comptait la disparition de Ferguson.

Bouchard, accompagné du lieutenant Rolfe de la milice et de quatre soldats, fut sur les lieux du meurtre assez tôt le lendemain matin. Méticuleusement, il étudia le système de piège dans lequel était tombé McManamy.

De la façon dont l'épieu était entré dans le dos du contracteur, soit à un angle d'environ 30° et venant du sol, il en conclut qu'il aurait aussi bien pu tuer un ours passant au-dessus, ou encore un orignal. Il examina ensuite les autres fils de laiton tendus.

Il n'y en avait pas que trois comme l'avaient raconté Hector et Alphonse, mais bien une dizaine et tous placés là où des pistes d'orignaux étaient visibles. Bouchard les désamorça un à un avec l'aide des soldats tout en songeant que les deux bûcherons étaient passés bien près de subir le même sort que leur patron en furetant aux alentours dans la pénombre de la forêt.

Il vérifia soigneusement le sol humide des sous-bois afin de découvrir des pistes d'hommes mais les empreintes de pas laissées par les deux bûcherons, qui portaient des souliers de bœuf, pouvaient très bien se confondre avec celles qu'aurait pu laisser le Bras Coupé. Était-ce seulement le Bras Coupé qui avait tendu ces pièges? Ne pouvaient-ils être l'œuvre de braconniers qui tentaient de prendre du gibier, le plus silencieusement possible?

Mais les menaces proférées par le Minji-mendam laissaient filtrer des doutes sur tout ce qui pouvait toucher aux six responsables de l'amputation de son bras et la population ne manquait pas de le blâmer pour tout acte semblant s'y rapporter.

Rien. Pas de trace de doigt séché comme pour les autres meurtres. Le détective prit quand même la résolution d'organiser des battues serrées durant les prochaines journées. La situation avait assez duré et, avant que les habitants du village de Manito-Akki ne soient tous pris de panique, il fallait agir.

Étendu sur le dos dans son minuscule wig-whom, Minji-mendam avait la gorge serrée. Quelque chose au sein de son être lui faisait une boule. Il avait mal. Son corps était meurtri et son esprit en feu.

Il ignorait pourquoi le destin s'était acharné sur lui de la sorte? Pourquoi tous ces malheurs étaient-ils arrivés? Pourquoi Ikwe était-elle morte? Pourquoi cette longue maladie l'avait-elle terrassé? Sans cette maladie, sa compagne n'aurait pas dû aller au village et ne serait pas morte écrasée sous une charge de billots! Et l'histoire de la dette au marchand écossais n'aurait pas fait de lui un criminel! Il n'aurait pas perdu son bras et le désir de vengeance ne serait pas né en lui!

Pourquoi ne pouvait-il être comme tous les autres Amik-Ininis de la Pointe-aux-Algonquins? Pourquoi avait-il refusé de trapper de moitié avec le MacIntosh? Pourquoi était-il né différent? Pourquoi n'acceptait-il pas de vivre comme les coupeurs de bois et de servir comme ses frères? Pourquoi voulait-il tellement demeurer indépendant alors que la dépendance de son peuple était de plus en plus évidente à mesure que la forêt

début extrait #3

rapetissait sous la hache des gens venus du sud? Pourquoi devait-il se cacher, lui qui avait toujours eu la fierté d'être ce qu'il était et de vivre au grand jour? Pourquoi ses enfants devraient-ils subir la honte d'avoir un père meurtrier alors que ses actes avaient été dictés par sa fierté d'homme, respecté par tous, même par les *boss*? Et pourquoi Ikwe venait-elle hanter son esprit chaque fois qu'il assouvissait un peu plus cette vengeance pour laquelle il vivait désormais?

Son esprit, embrouillé par tant de questions, était incapable de lui donner les réponses qu'il aurait voulu entendre. Son esprit d'homme simple cherchait désespérément une justification à tous ces actes qu'il n'aurait jamais pu poser sans cette motivation de vengeance! Il aurait voulu s'arrêter là, ne plus tuer. Ne plus inspirer la peur à son propre peuple. Ne plus craindre de rencontrer les gens en face et de pouvoir leur dire: «Je ne tuerai jamais plus.»

Mais il savait que cela était impossible. On ne retire pas la parole donnée. On ne tue pas non plus des *boss* sans être puni de mort.

Au milieu de ces pensées, de ces désirs, de ce vide qui était en lui, de cette étreinte au creux de son cœur, de cette angoisse dans son esprit, la voix d'Ikwe lui chantait l'Air des Retrouvailles et l'invitait à la rejoindre. Le corps d'Ikwe l'invitait à se fondre en elle et à n'être plus qu'un au milieu de ce monde grouillant d'étrangers venus de partout. Dans cette peine qui ne saurait plus mourir qu'avec son propre corps, le souffle d'Ikwe brûlait son cœur de guerrier.

La forêt s'estompa peu à peu et les arbres disparurent. Plus rien n'existait pour le Minji-mendam, «celui qui se souvient». Le vide. Un vide immense où il était seul avec Ikwe.

Puis Ikwe disparaissait et il se retrouvait seul, seul.

Et il eut mal à son mal.

Et il eut peur à sa peur.

Et il se mit à craindre sa crainte.

Et il fut fier de sa fierté mais il eut honte de sa propre honte et détesta la haine.

Il ferma les yeux pour ne plus voir et se ferma la bouche à deux mains pour ne pas parler. Il noua sa gorge pour ne pas pleurer et pleura pour ne pas vomir. Et il se leva pour ne pas dormir.

Et il marcha pour ne pas mourir, et marcha et marcha dans la nuit de sa douleur.

Fin extrait #3

Lorsqu'il s'arrêta, il entendit des voix et revint à sa propre réalité. Il se dissimula derrière un sapin et vit une charrette tirée par deux chevaux arrêtée au milieu de la piste.

Un homme portant un uniforme couleur de feuilles mortes se tenait près des chevaux. Un fusil à la main, il regardait sans cesse vers l'orée de la forêt, de l'autre côté de la piste des chevaux. En regardant à son tour, Minji-mendam put apercevoir plusieurs silhouettes qui s'agitaient dans le sous-bois. Il eut envie de voir ce qui se passait.

Il se pencha et ramassa une branche morte qu'il lança à quelques pas devant les chevaux. Les deux bêtes sursautèrent, hennirent et se cabrèrent pendant que le soldat laissait tomber son arme pour saisir la bride afin de les calmer. Rapide comme un chat, Minji-mendam se glissa hors de son abri et traversa la piste devant les chevaux alors que le milicien, tenant ces derniers par la bride, lui tournait le dos. Les autres hommes, dans le sous-bois, continuèrent leur travail sans broncher.

Le trappeur au bras coupé vit un homme habillé en civil et quatre hommes en uniforme en train de désamorcer des pièges tendus. En observant attentivement il aperçut un corps recroquevillé sur lui-même, un épieu planté dans le haut du dos. Il ne bougea plus par crainte d'être découvert. Il n'avait sur lui aucune autre arme que son couteau de chasse et quelques tresses de peau d'orignal.

On entendit un des soldats dire :

— On dirait que c'est un fantôme, c'te Bras Coupé-là ! Il tue comme il le veut mais personne le voit jamais.

L'Amik-Inini comprit que ce crime lui serait aussi imputé, comme celui du Francis qui s'était pendu lui-même. Il comprit que tous les crimes lui seraient désormais imputés et que rien ni personne ne pourraient maintenant changer l'opinion des gens du village des coupeurs de bois. Même les siens devaient sans doute croire qu'il était devenu un monstre assoiffé de sang.

Il eut envie de sortir de sa cachette afin de crier à ces gens qu'il avait eu l'intention de tuer tous ces hommes mais qu'il avait été aidé par la peur pour le Francis. Afin de savoir qui était étendu avec un épieu dans le dos, il s'approcha lentement du corps alors que les autres s'affairaient à déclencher les pièges. Dangereusement près des soldats, il savait que le moindre craquement provoquerait sa perte. Aussi ne se déplaçait-il qu'avec beaucoup de précaution. Arrivé à une dizaine de pas de la victime, il reconnut le contracteur McManamy. Il s'éloigna aussitôt de l'endroit immédiat, tout en restant assez près pour surveiller l'activité du petit groupe.

Un des soldats parla en anglais aux autres hommes en uniforme. Ils ramassèrent le corps du contracteur et le transportèrent dans la charrette. Déjà les mouches, sentant la mort et le début de putréfaction, s'étaient mises à tourbillonner autour de l'Irlandais. Puis tous se dirigèrent vers la voiture à chevaux et s'éloignèrent par la piste qui menait au village des coupeurs de bois.

Minji-mendam s'approcha alors de l'endroit où reposait le corps quelques minutes plus tôt et se mit à examiner le sol avec attention. Toutes les marques de pas appartenaient à des étrangers. Souliers de bœuf, bottes à talons et bottines minces. En scrutant plus attentivement, il décrocha un brin de laine brune accroché à une épine de cenellier. L'examinant de plus près, il put reconnaître le tissu que les Français appelaient *l'étoffe du pays,* et avec laquelle les gens du village confectionnaient les pantalons de travail. L'étoffe avait été colorée avec de la teinture d'écorce d'aulne.

Les pièges tendus étaient donc l'œuvre d'un Blanc, sans doute un braconnier, mais le Mendam risquait fort d'en porter la faute. Minji-mendam prit alors une résolution. D'un pas ferme il se dirigea vers le chemin de la rivière menant à Hull et Ottawa.

Le lendemain, au village des coupeurs de bois, on organisa des battues. Plus de cent vingt personnes décidèrent d'y participer. Un plan couvrant tout le territoire qui s'étendait de la rivière Désert au grand lac Bitobi fut préparé par le lieutenant Rolfe et le détective Bouchard. Chacun savait exactement quelle grandeur de terrain il aurait à battre. Pendant ce temps, le lieutenant et ses hommes fouilleraient toutes les cabanes et wig-whoms de la Pointe-aux-Algonquins.

Rien ne serait laissé au hasard. Il fallait absolument trouver le meurtrier.

Entre-temps, Ian MacIntosh remplissait des valises qu'il chargeait dans sa voiture couverte à mesure qu'elles étaient prêtes. Il avait décidé de partir de ce village maudit jusqu'à ce que le Bras Coupé soit arrêté ou abattu. Il avait condamné les fenêtres de son magasin et la porte de la façade. Il était décidé à partir de nuit afin de ne pas attirer l'attention des gens du village de crainte que le Bras Coupé ne l'apprenne et se mette à sa poursuite. Il était devenu la prochaine et dernière cible. Sa femme et ses enfants étaient déjà partis vers Ottawa où habitait sa famille. Il chargeait les valises à la noirceur depuis un bon moment lorsqu'il s'aperçut qu'une ombre le surveillait.

Debout le long du mur sud de son magasin, la silhouette d'un homme se dessinait sur les bardeaux pâles. MacIntosh eut peur. Un frisson secoua son corps et il eut l'impression que ses jambes se dérobaient sous son poids. La sensation qu'il éprouvait était fort désagréable. En cet instant il se dit qu'il aurait bien dû oublier le montant de la dette du trappeur plutôt que de s'embarquer dans cette affaire. Il songea en même temps que s'ils avaient tué ensemble ce « maudit sauvage », ses cinq compagnons ne seraient pas morts à cette heure.

Il espéra de toutes ses forces avoir la chance de mettre la main sur sa carabine Winchester laissée à l'intérieur de la maison. Quand la peur qui le clouait sur place se changea en panique, il s'élança vers la porte de sa maison. Affolé, il trébucha sur le palier et s'effondra tête première dans la cuisine où reposaient ses deux dernières valises. Terrifié, croyant que l'ombre allait fondre sur lui, il se releva et courut vers la table où reposait son arme. Se tournant aussitôt vers la porte et sans presque viser il tira sur l'ombre qui se dressait maintenant dans l'embrasure… L'homme s'effondra face contre terre à l'intérieur de la cuisine en laissant tomber une petite cruche de terre cuite qui se renversa et se répandit sur le plancher. Il poussa quelques plaintes en tentant de se relever et l'Écossais, toujours en proie à une peur terrible, actionna le levier de sa carabine afin de faire monter une autre balle. Mais le mécanisme s'enraya et MacIntosh eut encore plus peur que l'homme ne se relève.

Dans la rue principale, on entendit des voix qui criaient des ordres donnés en anglais. Des hommes couraient. Moins d'une minute plus tard, alors que le marchand tentait toujours de faire fonctionner son arme en ne quittant pas des yeux l'homme étendu devant lui, quelques soldats suivis de plusieurs habitants du village se présentèrent sur les lieux. Le lieutenant Rolfe arriva en trombe quelques secondes après.

— What happened?

Il enjamba le corps étendu qui avait cessé de bouger et arracha la carabine des mains de MacIntosh qui n'opposa aucune résistance. Jos Parent apparut dans la porte, en combinaison, son fusil à la main. Il regarda par terre et reconnut le métis Dan Ferguson étendu à plat ventre. Une tache de sang maculait son côté droit, juste un peu plus haut que la ceinture.

Parent, aidé du lieutenant Rolfe, tourna le métis sur le côté gauche et déchira la chemise à partir de la brûlure qu'avait faite la balle en touchant l'homme.

— Chanceux comme un pape; la balle a juste brûlé la graisse. Chanceux en maudit que ç'a pas été un coup de fusil parce qu'y aurait pas rien qu'un trou dans'peau.

Le métis revenait à lui, saoul comme bien peu d'hommes pouvaient l'être. Il était tombé par l'effet de l'alcool plus que par la brûlure de la balle.

Pendant ce temps, le marchand écossais était assis sur une chaise, les yeux vides et la lèvre tremblante. Il en avait été quitte pour la peur. Il avait bien failli tuer son propre employé, revenu sans que personne ne le sache de la ville d'Ottawa où il avait séjourné sous bonne garde. Mais il était maintenant plus sûr que jamais qu'il devait partir.

Quand le détective Bouchard arriva sur les lieux, il recommanda au lieutenant de laisser deux hommes de faction près de la maison du marchand afin qu'il se sente en sécurité pour la nuit. MacIntosh réclama alors une protection jusqu'à Ottawa et un départ immédiat, mais le lieutenant Rolfe refusa net : ses hommes resteraient à le protéger pour la nuit, aucun départ ne se ferait avant le lever du jour.

On transporta le métis ivre au campement de la milice où l'on pansa sa blessure superficielle. On l'y garda sous surveillance toute la nuit. Il était tellement ivre qu'il ne se rendit pas compte qu'on désinfectait la plaie et qu'on lui mettait un pansement.

Bert Côté n'avait pas bu depuis plusieurs jours et la soif le tiraillait. Il ne cessait de puiser dans le seau d'eau potable et de boire pour apaiser sa soif d'alcool. Il était songeur et se demandait où prendre l'argent pour acheter la boisson dont il avait besoin pour à nouveau se sentir homme, lorsque Ti-Trou arriva en courant, tout échevelé et le souffle court… Bert sursauta.

— Maudit baptême de viarge, j't'ai déjà dit d'pas m'énerver d'même en arrivant dans mon dos.

Le grand adolescent raconta en vitesse les événements de la veille au soir, sans même s'occuper de la remarque de Bert. Prestement et comme si la chose revêtait une très grande importance pour lui, ce dernier passa sa chemise et mit son nouveau pantalon d'étoffe du pays, ses souliers de bœuf et sortit en laissant la porte de son shack ouverte à tout venant. Suivi du grand idiot, il se dirigea avec empressement vers le magasin de l'Écossais en passant devant le campement central de la milice où Dan Ferguson dormait toujours.

Il arriva juste à temps pour voir deux soldats mettre les dernières valises dans la charrette pendant que MacIntosh montait sur le siège avant de la voiture recouverte d'une bâche. Le lieutenant donna ses dernières recommandations aux soldats et à MacIntosh.

— Don't forget : you escort him for about five miles and you come back. We will all be at the Indian village to check. And you MacIntosh, don't go shooting at the first shadow you see ; you can be very dangerous with that rifle of yours.

Les soldats enfourchèrent deux énormes chevaux de voiture sans selle et se préparèrent à suivre la charrette de l'Écossais. L'attelage de deux chevaux du marchand s'ébranla lentement, la charge était lourde. Lorsqu'il passa près de Bert Côté et de Ti-Trou, l'ivrogne lui cria :

— La peur ça fait chier dans les culottes, mossieur le *boss*…

Ti-Trou enchaîna :

— Pis la marde ça pue comme les Anglais.

Bert donna un coup de coude à l'idiot.

— Maudit niaiseux, c't'un Écossais, pas un Anglais !

— Ben pourquoi qu'y parle anglais, d'abord ?

Bert haussa les épaules, il trouvait la question stupide. L'attelage s'éloigna par le chemin du sud qui longeait la rivière Gatineau presque jusqu'à Hull. Il demeura sur place jusqu'à ce que les deux soldats à cheval eurent disparu de sa vue au premier tournant. Il tourna alors les talons et entra au magasin général de Jos Parent. Ti-Trou, qui le suivait de près, lui fit remarquer qu'il avait déchiré ses culottes neuves.

— Y'a des fils de laine qui pendent.

Bert s'arrêta net et se retourna sur lui-même pour constater que plusieurs brins de laine étaient tirés. Il s'avança vers le comptoir et demanda à Jos Parent :

— Si ta femme est pas trop près, peux-tu me donner une cruche de p'tit blanc pis mettre ça sur mon bill?

Jos Parent le servit bonassement en rouspétant un peu, pour la forme.

— Ton compte commence à grimper pas mal, j'trouve. J'ai hâte que tu m'en donnes un peu dessus.

Blotti derrière un grand rocher, Minji-mendam guettait la piste des voitures qui longeait la rivière. Il avait passé la nuit à cet endroit en épiant le moindre bruit et le moindre signe de présence humaine.

Rien. Personne n'avait bougé le long du chemin de la rivière. Le trappeur n'avait pas fait de feu pour ne pas être repéré et s'était contenté de quelques morceaux de viande fumée comme repas. S'étant abreuvé à une source d'eau fraîche située à proximité de son observatoire, il attendait patiemment le passage du sixième coupable.

Sa patience, il la tenait de son hérédité, mais la solitude lui pesait beaucoup. Elle troublait maintenant son esprit et le faisait agir différemment des autres gens de sa race. À mesure que les lunes passaient, cela devenait insupportable. Avec l'élimination du véritable responsable de l'amputation de son bras mourrait son désir de vivre et il sentait une grande paix l'envahir à cette seule pensée. Il sentait que le moment des retrouvailles approchait et qu'il reverrait bientôt la belle Ikwe.

Il songeait aussi que les deux fils que cette femme lui avait donnés devaient vivre normalement. Tant qu'il serait le Bras Coupé meurtrier, ils ne pourraient vivre en paix au sein d'une population apeurée. Il comprenait que ces deux magnifiques continuations de la lignée des Minji-mendam ne seraient jamais plus tout à fait les mêmes à cause des actes posés par leur père.

Alors naquit en lui le désir de revoir ces deux Amik-Ininis avant de partir à jamais. Avec ce désir naquit celui de disparaître pour qu'ils puissent devenir de véritables hommes. Puis naquit le sentiment de culpabilité du père qui n'a pas aidé ses fils à sortir de l'enfance joyeuse, suivi du besoin de léguer son titre de chef de famille à un autre qui saurait mieux que lui veiller à l'apprentissage de l'enfant vers la vie d'homme.

Naquit en lui l'anxiété d'en terminer au plus vite avec cette histoire de vengeance et de parole donnée devant témoins. Puis naquit une grande lassitude devant la tâche qui restait à accomplir. Et cette lassitude l'écrasa de son poids énorme.

Il aurait tant voulu n'être qu'un trappeur heureux de sa condition et fier de son habileté, un père heureux d'enseigner ses connaissances à ceux qui venaient. Il aurait tant voulu pouvoir continuer à se griser des caresses envoûtantes de cette femme qu'il avait tant aimée. Il n'avait même pas de remords d'avoir tué par vengeance des hommes qui n'avaient eu aucun respect pour l'homme qu'il avait été.

Il fut tiré de ses pensées par le bruit d'une voiture et des pas de chevaux ferrés sur le gravier.

Il attendit longtemps encore avant que cette voiture n'apparaisse au bout du chemin et s'immobilise. Les deux cavaliers qui escortaient la charette s'approchèrent du conducteur. Un d'eux lui adressa la parole puis les deux le saluèrent de la main, firent tourner leurs montures et repartirent par où ils étaient venus.

Le conducteur de l'attelage commanda ses chevaux et reprit son allure première. Minji-mendam savait que ce conducteur ne pouvait être que le marchand écossais, Ian MacIntosh. L'homme fuyait, la peur qui s'était emparé de lui lui était montée à la tête et plus rien ne pouvait le protéger. L'Indien était sûr que cet homme fuirait un jour le village et qu'il savait, depuis la mort de McManamy, qu'il serait sa prochaine victime.

Il attendit que les chevaux s'arrêtent devant l'arbre couché en travers du chemin et que Minji-mendam avait aidé à tomber. Il regarda MacIntosh descendre de voiture avec sa carabine à la main, décrocher une hache placée sur le côté de la charrette et aller vers l'arbre tombé, sans se douter qu'il était observé. Il déposa l'arme par terre et entreprit de couper l'énorme tronc du peuplier. Minji-mendam regarda le marchand suer à grosses gouttes pour couper cet arbre en deux, peu habitué aux durs travaux de la forêt.

Le soleil était haut dans le ciel et le temps très humide. Mendam regardait sans se presser.

Le marchand eut besoin de près d'une heure pour débiter ce corps mort. Mais le plus gros du travail restait à faire. Il fallait l'enlever de là en le roulant sur lui-même. Même ébranché, un arbre n'est jamais parfaitement rond, il faut une perche solide pour le faire rouler en se servant d'une autre pièce, sous cette perche, comme levier. Il fallut au marchand une autre bonne heure pour se tailler un levier et rouler l'arbre mort hors du chemin. Bien qu'apeuré, il était visible que ce travail l'avait exténué. Il s'épongea le front et s'assit quelques instants sur le bout du tronc. Il sortit un flasque de sa poche arrière de pantalon et but une bonne rasade d'eau-de-vie.

Pendant que McIntosh débitait le peuplier, Minjimendam s'était glissé vers la voiture et, silencieusement, sans que les chevaux ne s'énervent, avait coupé deux des quatre traits de cuir, un à chaque *bacul,* puis avait changé les rennes doubles en croisé d'un cheval à l'autre. Il avait ensuite fait partir les tiges de fer qui retenaient les roues de bois, entourées de métal, à leurs essieux. Ce travail avait été effectué sur les roues droites, avant et arrière, afin que la voiture se renverse d'un seul côté.

Puis, il retourna derrière sa grosse roche, sur le promontoir surplombant le chemin de voyage. Lorsque l'Écossais remonta dans sa voiture, l'Amik-Inini observa attentivement le spectacle. Saisissant les rennes, le marchand les rabattit sur le dos des chevaux pour qu'ils décollent la charge. Mais chacun ne tirait que sur un trait, ils se sentirent débalancés et voulurent partir, un vers la gauche et l'autre vers la droite.

Tirant les deux guides en même temps, MacIntosh les retint. Il refit ensuite le même geste de laisser tomber les rennes sur leur dos, ce qui provoqua un mouvement de panique chez les chevaux qui donnèrent un grand coup pour repartir. La voiture, en décollant, perdit les deux roues de droite et, à cause de sa charge, se renversa sur le côté du chemin pendant que les chevaux, affolés, prenaient le mors aux dents.

MacIntosh fut projeté à bas de son siège et faillit être écrasé par la charge. La voiture fut traînée jusqu'au bout du tronc d'arbre resté au bord du chemin, sur lequel elle s'accrocha. Les chevaux paniquèrent et traînèrent d'un bloc le tronc et la voiture qui se brisa sur les arbres. Épuisés, les deux chevaux s'arrêtèrent net, incapables d'aller plus loin avec cette charge devenue trop lourde. Les deux traits encore attachés avaient tenu bon et les bêtes étaient restées prisonnières de leur charge.

Étourdi et ne comprenant pas ce qui lui arrivait, Ian MacIntosh se releva pour rejoindre ses chevaux. À peine arrivé près de sa voiture, il entendit une voix lui crier :

— Minji-mendam est venu pour la main.

Et au même moment un objet tombait à ses pieds. Il regarda et vit une main séchée amputée de trois doigts. Prestement, il sauta à l'intérieur de la charrette et chercha à la hâte sa Winchester. L'arme était coincée entre deux valises, il eut peine à la sortir de là. Lorsqu'il l'eut bien en main, il se plaça derrière la voiture et regarda dans la direction d'où venait la voix.

Minji-mendam cria alors :

— Ici, tire !

Paniqué, en proie à une frayeur sans précédent, le cœur à plein régime, l'Écossais visa et tira une première balle dans sa direction, puis deux autres coup sur coup. Le trappeur se leva alors et courut derrière une autre grosse roche et une quatrième balle vint s'écraser sur cette autre cachette.

— You fuckin red dog, come out of there, cria MacIntosh en colère, les yeux aussi exorbités que s'il avait vu le diable et l'enfer en même temps.

Le Minji-mendam saisit alors une des trois lances en bois de frêne noir qu'il avait confectionnées et se leva pour la lancer en direction du marchand, mais deux coups de feu successifs le firent se baisser à nouveau. Il se releva aussitôt et lança l'arme de toutes ses forces. Atteint au bras droit, le marchand fut projeté au sol. Réalisant qu'il n'était pas blessé trop gravement, il retira l'arme et se fit vite un tourniquet pour ne pas perdre trop de sang.

Le Minji-mendam ne bougeait pas. Il attendait la suite. Il appela en vain. Rien.

Le MacIntosh sentait son bras s'engourdir. La circulation du sang était arrêtée par le garrot qu'il avait attaché à son bras. Il ne ressentait plus la douleur. Il attendait depuis plus de quinze minutes quand il vit l'Algonquin sortir de sa cachette et s'avancer vers lui, lentement.

Le marchand voulut prendre sa carabine mais son bras droit ne voulait plus bouger. Il saisit la carabine de la main gauche et se prépara à tirer. L'Indien s'était arrêté à environ trente à quarante pas du marchand écossais. Il s'assit alors par terre, jouant avec son couteau et ses deux lances de frêne noir. Impassible et sans cesser de jouer avec ses armes, il regardait MacIntosh droit dans les yeux. Les sueurs perlaient au front du marchand de Manito-Akki et la peur mêlée à la rage se lisait sur son visage. Il souleva alors sa Winchester de la main gauche et visa le Bras Coupé.

Le coup partit et la balle atteignit un arbre derrière le trappeur. C'était la septième balle tirée de cette arme à sept coups. Le Minji-mendam continua de fixer le marchand droit dans les yeux et dit le plus simplement du monde :

— Tu vois, lorsqu'on tire pour la première fois avec la main du cœur, on rate toujours son coup.

Puis il se leva lentement et s'approcha de MacIntosh. Celui-ci aurait voulu fuir sur-le-champ, mais la peur et la blessure l'en rendaient incapable. Lorsque le Mendam s'arrêta près de l'Écossais, ce dernier était en proie à une si grande terreur qu'il se mit à pleurer et à geindre comme un enfant malade.

Minji-mendam eut pitié de cette loque humaine qui s'avouait vaincue et perdait tous ses moyens. Il eut un haut-le-cœur devant cette lâcheté d'homme qui ne peut faire face à son destin. Puis il eut un étourdissement et il entendit la voix d'Ikwe qui lui chantait l'Air des Retrouvailles.

Il secoua la tête avec énergie pour reprendre ses esprits. Il sortit une fine lanière de cuir tressée de son maskimoth et se pencha vers le marchand.

Il défit le tourniquet que s'était fait le MacIntosh et le remplaça par la fine lanière de cuir qu'il serra juste assez pour permettre à la circulation de continuer à se faire et éviter l'infection. Puis il détela les deux chevaux et mit l'Écossais sur l'un d'eux et le commanda. La bête partit en direction du village des coupeurs de bois et de son écurie.

Au dernier moment, le trappeur s'était ravisé sur la raison de sa vengeance. Il se mit en marche vers le village de la Pointe-aux-Algonquins.

Il marchait, poussé par l'habitude, vers la fin de son destin. Ses yeux demeuraient vides d'expression à mesure qu'il avançait dans cette forêt dont il connaissait chaque arbre, chaque pierre et tous les animaux qui l'habitaient.

La nuit approchait et les yeux du trappeur s'animèrent. Il approchait de la cabane du père d'Ikwe, le bon Ajijiwa, où il savait retrouver ses fils Ogimah et Kakons. Il voulait absolument les voir avant de partir.

Dans le sentier qui mène à la Pointe, il rencontra plusieurs soldats en uniforme qui revenaient de la fouille du village des «Sauvages». Chaque fois, il dut se cacher dans les buissons. Lorsqu'il parvint en vue de la cabane, il se glissa vers la lisière de la forêt qu'il suivit jusqu'à la rivière. Malgré les précautions qu'il prenait pour ne pas être vu ou entendu, sa silhouette n'échappa pas à l'expérimenté Ajijiwa, qui se dirigea vers sa demeure où il s'enferma. Il savait que le Mendam venait voir ses fils et ne voulait pas intervenir.

Mendam descendit l'escarpement de la rivière et aperçut les deux enfants qui jouaient dans l'eau avec un canot miniature. Longtemps il les regarda vivre, revoyant les images de sa propre enfance heureuse et simple.

Envahi de souvenirs lointains, il revécut les joies qu'il avait connues auprès de ces êtres qui avaient été toute sa vie avant la mort d'Ikwe. Et lorsque les enfants vinrent pour remonter vers la cabane, le trappeur au bras coupé surgit d'un bosquet en criant leurs noms. Les deux enfants se jetèrent dans les bras de leur père en riant. Kakons demanda :

— Tu viens nous chercher pour la chasse ?

Mendam fut incapable de répondre. Il avait la gorge nouée d'émotion. Pour la première fois depuis qu'il était enfant, des larmes coulèrent de ses yeux et il ne put s'empêcher de serrer les deux enfants tout contre lui. Il repoussa gentiment les deux enfants en les regardant tour à tour. Comme ils étaient beaux, à l'image d'Ikwe.

— Dans chaque famille, il y a un chef. Quelques fois c'est le père, d'autres fois la mère. Lorsqu'il n'y a plus de père et mère, l'aîné devient le chef. Ogimah, à compter de ce jour, tu seras le chef. Tu devras veiller sur ton frère et le protéger jusqu'à ce qu'il soit à sa pleine grandeur.

Les deux enfants avaient écouté sans dire un mot. La joie qui avait illuminé leur visage à la vue de leur père avait maintenant fait place à la tristesse.

Ogimah avait compris que son père partait pour ne plus revenir et deux larmes coulèrent de ses yeux sans qu'il ne donne libre cours à sa peine. Il ne pouvait plus pleurer puisqu'il était désormais le chef. Être chef devenait une lourde responsabilité pour un jeune âgé de treize ans. Ce nouveau chef comprit qu'il ne jouerait jamais plus avec un canot miniature. Il comprit que cette chasse dont il avait rêvé, en compagnie de Minji-mendam et de son jeune frère Kakons, ne se ferait jamais.

Et lorsque Mendam s'éloigna après avoir serré le poignet des deux enfants à la façon algonquine, Kakons voulut le rejoindre en pleurant. Mais Ogimah lui saisit l'épaule et le retint. Le nouveau chef essuya les larmes de son visage et entraîna son jeune protégé vers la cabane où Ajijiwa et Tanis continueraient à leur enseigner ce que Minji-mendam et Ikwe avaient déjà commencé : devenir des hommes.

Minji-mendam ne marchait pas, il flottait sur l'air frais de cette nuit d'été.

Il allait vers son destin de façon aussi sûre que ses pas lorsqu'il traquait le gibier.

Les arbres qui l'entouraient étaient devenus autant de sourires d'amour qu'avait pu en distribuer Ikwe pendant les années de bonheur vécues auprès de sa famille. Et les oiseaux de nuit hululaient l'Air des Retrouvailles que lui chanterait bientôt Ikwe retrouvée.

Il ne marchait pas, le Minji-mendam, il flottait vers la douceur de l'inconnu qu'il était sûr de connaître bientôt.

Il ne marchait pas, il volait vers la solution des questions qu'il s'était mille fois posées.

Il savait qu'il allait retrouver Ikwe et, même s'il devait abandonner deux êtres aimés, il savait qu'il ne faisait que leur ouvrir le sentier d'une plus grande liberté.

Il savait maintenant que c'était au village des coupeurs de bois, sur la Manito-Akki de ses ancêtres, qu'il devait aller.

Il s'y rendit directement, dans cet état de demi-conscience qu'il avait jadis éprouvée en se faisant suer comme ses ancêtres le pratiquaient autrefois.

Lorsqu'il entra dans le village par le sentier menant à la Pointe-aux-Algonquins, il ne vit pas les gens se sauver à son approche.

Il ne vit pas les enfants courir et se jeter dans les bras des adultes en criant de peur. Il n'entendit pas les habitants dire : «Il est ici, le Bras Coupé! Vite, allez chercher vos armes.»

Il ne remarqua pas que les soldats se serraient les uns sur les autres comme l'ail des bois que l'on cueille au printemps.

Il ne vit pas le brouhaha indescriptible et la stupeur sur les visages des chasseurs de primes qui revenaient de leur journée de battue de la région ouest du village.

Il n'entendit pas quelques-uns des siens dire à haute voix mais en algonquin : «Il doit être fou pour arriver ainsi devant tous ceux qui le détestent tellement qu'ils en ont peur.»

Il ne vit pas Imelda Parent tomber à deux reprises en grimpant les deux marches de l'escalier menant au magasin de son époux. Il n'entendit pas Ti-Trou lui dire : «Va-t'en, ils vont te tuer.»

Il marchait en ayant l'impression de flotter à travers ce village où jadis les siens chassaient le chevreuil et l'orignal.

Il n'entendit pas venir sa chienne blanche qu'avaient suivie les gens de la battue.

Il ne vit pas les soldats venir vers lui avec crainte dans le but de l'arrêter.

Il ne se rendit pas compte qu'il avait saisi son couteau de chasse d'une main et avait tendu les bras vers le ciel en parlant à Ikwe pour lui dire qu'il venait la rejoindre.

Il ne vit pas que les soldats qui allaient s'emparer de lui s'arrêtèrent net devant ce geste étrange posé par un être non moins étrange.

Il ne vit pas le MacIntosh sortir du campement de la milice, un fusil de soldat à la main gauche, sa main droite tenue par une écharpe.

Il ne se rendit pas compte qu'il avait pris le châle de soie rouge qui avait appartenu à Ikwe et le tendait vers le ciel avec son couteau de chasse.

Il ne vit pas Bert Côté tenter de rejoindre Ian MacIntosh qui courait à sa suite, le fusil prêt à faire feu…

Et quand le MacIntosh pressa la gâchette du fusil qu'il tenait dans sa main gauche, à deux pas derrière le Minji-mendam, celui-ci ne sentit pas les plombs qui lui labourèrent le dos et ressortirent par un trou béant de sang sur l'estomac.

Le Minji-mendam tomba à la renverse, la tête presqu'entre les jambes de celui dont il avait eu pitié. Il demeura les yeux ouverts un bon moment.

Bert Côté, qui arrivait derrière le MacIntosh, bouscula le marchand et se pencha au-dessus du visage de l'Amik-Inini.

— Mendam, je veux te dire…

Mais sa voix s'étrangla dans sa gorge pendant qu'un sourire se dessinait sur le visage du compagnon d'Ikwe, la belle Ikwe à la voix si douce et si belle qui lui chantait l'Air des Retrouvailles.

LEXIQUE

AGIMS	raquettes à neige.
AJIJIWA	«le Rieur».
AMIK-ININI	«les gens du Castor»; nom de la tribu algonquine vivant à l'époque dans tout l'Outaouais et, maintenant, à Maniwaki (Québec) et Golden Lake (Ontario).
ANIBISH-WABO	thé.
ANIMOSH	chien (en général).
ANISH-NAH-BE	l'Homme, ou «sans poil» ou l'être humain.
BABICHES	de «assababiche»: peau crue en fines lanières.
BYTOWN	ancien nom de la ville d'Ottawa.
IKWE	nom propre, «la femme».
JAGANASH	«il fait faire son travail par d'autres»; nom désignant un Anglais.
KAGWA	le porc-épic; «il a des épines».
KAKONS	nom propre, «jeune chevreuil».
KITIGANISIPI	la «Rivière aux jardins»; nom indien de la rivière Désert.
KWE	«Salut!» ou «Amitiés».
MAKINAW	carapace de tortue; nom désignant un coupe-vent en peau d'orignal.
MAKISSINS	prononciation exacte de «mocassins»; le mot signifie «vêtements pour les pieds».

MANITO-AKKI	la terre des esprits.
MASHKIKI-WININI	le sorcier qui connaît les plantes médicinales.
MASKIMOTH	sac, pochette.
MIGWETCH	«Merci!»
MINJI-MENDAM	celui qui se souvient longtemps.
NABESSIM	mâle (chien).
NIGANADJIMOWININI	celui qui connaît les pensées des gens, qui connaît les événements futurs.
NOJESSIM	femelle (chienne).
OGIMAH	nom propre, «un chef».
OKA	poisson doré.
PAKINA WATIK	«l'Arbre frappé par la foudre»; chef indien, fondateur de la Réserve de Maniwaki.
POK-O-NOK	celui qui parle.
SKONS	pain de farine et d'eau.
TABASHISH	traîneau.
TOBOGAN	traîne indienne faussement appelée traîne sauvage
WIGWASS-TCHIMAN	canots d'écorce.
WIG-WHOM	habitation d'écorce.
WIMETIGOJI	pic-bois; nom donné aux Français à cause de leur barbiche qui les faisait ressembler, de profil, au pic-bois.

Les auteurs publiés dans la collection

Achevé d'imprimer en janvier 2013
sur les presses de Marquis imprimeur

ÉD. 01 / IMP. 2X

GAUTHIER, Louis
GÉRIN-LAJOIE, Antoine
GILMOUR, David
GIRARD, Rodolphe
GIROUX, André
GODIN, Jean Cléo
GRANDBOIS, Alain
GRAVEL, François
GRAVELINE, Pierre
GRISÉ, Yolande
GROULX, Lionel
HAEFFELY, Claude
HARVEY, Pauline
HÉBERT, Anne
HÉMON, Louis
HOUDE, Nicole
JACOB, Suzanne
JASMIN, Claude
KATTAN, Naïm
LACOMBE, Patrice
LACOMBE, Rina
LATIF-GHATTAS, Mona
LEBLANC, Bertrand B.
LECLERC, Félix
LE MAY, Pamphile
LORANGER, Jean-Aubert
LORD, Michel
MACLENNAN, Hugh
MAILHOT, Laurent
MAILLET, Antonine
MARCEL, Jean
MARCOTTE, Gilles
MARIE-VICTORIN, Frère
MARTIN, Claire
MASSOUTRE, Guylaine
McLUHAN, Marshall
MIRON, Gaston

MONTPETIT, Édouard
NELLIGAN, Émile
NEVERS, Edmond de
NOËL, Francine
OUELLETTE, Fernand
OUELLETTE-MICHALSKA, M.
PÉAN, Stanley
PETITJEAN, Léon
PHELPS, Anthony
POLIQUIN, Daniel
PORTAL, Louise
POULIN, Jacques
POUPART, Jean-Marie
PROVOST, Marie
RICHARD, Jean-Jules
RICHLER, Mordecai
ROLLIN, Henri
ROYER, Jean
SAGARD, Gabriel
SAINT-MARTIN, Fernande
SAVARD, Félix-Antoine
SCOTT, Frank
SHEPPARD, Gordon
SHIELDS, Carol
T., Jacques
TARDIVEL, Jules-Paul
THÉRIAULT, Yves
TREMBLAY, Lise
TREMBLAY, Michel
TRUDEL, Marcel
TURCOTTE, Élise
TURGEON, Pierre
VADEBONCŒUR, Pierre
VIGNEAULT, Gilles
WRIGHT, Ronald
WYCZYNSKI, Paul
YANACOPOULO, Andrée